我がままな双子の妹に
すべてを奪われた姉ですが、むしろ本望です！
～第二の人生は愛するグルメともふもふに囲まれて
楽しく暮らします～

上下左右

目次

ハインリヒ
アリアが優秀な聖女と気づかず、
婚約破棄した挙句、
王宮から追放する。傲慢な公爵。
フローラ
優秀な姉を妬み、
婚約者、聖女の座を奪う。
アリア
優秀な聖女。働きづめの日々で、
顔色は悪く不気味な人相から
“黒の聖女”と呼ばれてしまう。
Characters

シン

ハクホウ皇国の第八皇子。
王位継承権が八番目ということから
周囲からの関心もなく
孤独に生きていたが、
アリアとの出会いが転機となる。

カイト

シンに仕える副官。
突然現れたアリアを警戒する。

リン

旅の道中で出会った冒険家。
かなりの実力の持ち主で
“拳法使いのリン”という異名を持つ。

シルフ

アリアの召喚獣で、
ピクシー種の魔物。

ギン

アリアの召喚獣で、
シルバータイガーの魔物。

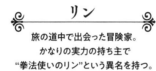

プロローグ　〜『婚約破棄された黒の聖女』〜

聖女。それは癒しの力を持つ者の呼称であり、歴史上でも数えるほどしかいない。イグニス男爵家令嬢のアリアも、二十歳という若さでありながら、そんな聖女の一人に選ばれていた。

聖女は国の宝だ。世界中のどの国でも、自国で生まれた聖女を大切に扱う。彼女の生まれ育った『ローランティア王国』も例に漏れず、アリアのために公爵家との縁談を用意するほどだった。

公爵夫人としての人生が約束されたアリアは幸せな日々を過ごす……はずだった。

「アリア、貴様のような根暗な聖女とは一緒に暮らせない。私との婚約を破棄させてもらう」

王宮での仕事終わり、自室に帰ろうとしていたアリアは、渡り廊下で婚約者のハインリヒ公爵に呼び止められる。

「私との婚約を破棄したい？　本気ですか？」

「ふん、私はずっと貴様が嫌いだったのだ。特に、その眼の下にできた隈《くま》は、まるで魔女のように不気味だからな」

ハインリヒ公爵はアリアより五歳年上の金髪青目の男性だ。この髪と瞳の特徴は王国の貴族に共通している外見で、アリアもまた黄金を溶かしたような金髪と、澄んだ青い瞳、そして白磁の肌を持っている。

しかしアリアの美貌《びぼう》は影を潜めていた。これもすべて長時間労働のせいである。

聖女としての務めは、太陽が昇ると同時に始まり、夜の帳《とばり》が下りる頃まで続く。本日の業務時間も十二時間と、一日の半分を労働に費やすような状況だ。

労働時間が長いと睡眠も削られる。隈ができるのも不可抗力だ。

さらにこうまで過労が続くのは、ハインリヒ公爵が自分の出世のために依頼を断らないのも一因としてある。自分より立場が上の者に愛敬《あいきょう》を振り撒《ま》き、アリアに仕事を押しつけてきた。

そんな毎日が続き、アリアはとうとう限界を迎える。聖女の務めを休ませて欲しいとハインリヒ公爵に願ったが、彼の返答はノー。自分の立場が悪くなるからと、アリアに労働を強要した。

つまり目の下の隈は、ハインリヒ公爵によって生まれたものだった。あまりに理不尽だと睨《にら》みつけるが、彼は態度を崩さない。

「睨みつけても無駄だぞ。私が貴様を嫌っているのは容姿だけではないからな」

「私のなにがお気に召さないと？」

「貴様の回復魔術だ。なんでも死者さえ蘇生《そせい》するそうではないか。不気味な力を持つ女と添い遂げるつもりはない」

「はぁ、そうですかぁ」

アリアはハインリヒ公爵の現状認識能力のなさに呆《あき》れてしまう。彼女が王国で重宝されているのは、その死者さえ蘇《よみがえ》らせる回復魔術に価値があるためだ。

(私もこんな力がなければ今頃自由に暮らしていましたよ)

神の領域に足を踏み入れた聖女は、周辺諸国が喉から手が出るほど欲しがる人材だ。事実、アリアは他国から王族との婚姻や莫大な結納金を提示されたこともあった。

だがそのすべてを断った。王国は公爵夫人の立場を用意し、実家のイグニス男爵領に毎年、他国が提示した以上の資金を流すと約束してくれたからだ。

両親は厳しいが優しくもあり、アリアを立派な淑女へと育ててくれた。屋敷に住む使用人や、畑仕事に汗を流す領民たちも親切で、アリアにとって家族同然の存在だ。

領地に金が流れれば、彼らの生活が楽になる。そう考えたからこそ、アリアはこの婚約に同意したのだ。

「もう一度、確認します。本気なのですね?」

「冗談で婚約破棄を口にするものか。それに貴様に拒否する権利はないぞ。私の要求を大人しく受け入れるのだな」

「私は受け入れても構わないのですが、我々の婚約は陛下の定めたものですよ。ハインリヒ様の意思で解消できるはずがありません」

ハインリヒ公爵との婚約関係は、王国に聖女を縛るための餌だ。彼の意思で左右できるものではない。

「それなら問題ない。なにせ代理の聖女を確保しているからな」

「代理……まさか!?」

王国に聖女は二人しかいない。もう一人の聖女の顔が脳裏に浮かぶ。

「そのまさかだ。なぁ、フローラ？」

「はーい」

建物の陰に隠れていた女性が、名を呼ばれて勢いよく駆《か》け寄ってくる。紺のドレスで着飾った彼女は、黄金を溶かしたような金髪と、海のように澄んだ青い瞳に加えて、アリアと瓜《うり》二つの容貌をしていた。見間違えるはずもない。双子の妹であるフローラであった。

「どうしてフローラが……」

「ごめんなさいね、お姉様。公爵様は私のものになりましたの」

悪びれる様子もなく、フローラは微笑む。この妹はいつもそうだった。アリアの持っている物を羨《うらや》み、横から奪っていくのだ。

「フローラは貴様と同じ聖女だ。大臣たちも婚約には賛成するだろう。誰もが望む美しい花嫁になる」

「公爵様、大好きですわ」

「ははは、愛《う》い奴《やつ》だ」

外見はアリアと瓜二つだが、内面は大きく異なる。天真爛漫《てんしんらんまん》な笑みを絶やさない彼女は、男性受けする性格だ。

こうまで内面に差が生じたのは、両親の育て方も大きいだろう。厳しく指導されてきたアリアに対し、フローラは放任されてきた。嫌なことをすぐに投げ出す性格のフローラにはなにを言っても無駄だと諦めた結果だった。

苦労を知らずに育ってきたフローラは肌艶《つや》も潤《うるお》っている。一方、アリアは長時間労働で疲れ果てているせいで肌は荒れ、同じ容姿なのに印象は大違いだ。

だからこそ心無い者は、フローラを〝白の聖女〟、アリアを〝黒の聖女〟と呼ぶ。ハインリヒ公爵もそんな人間の一人だった。

「白の聖女であるフローラがいれば、貴様にはもう用はない。私はこの娘と幸せになる」

「ごめんなさい、お姉様。私、幸せになりますから」

あまりに身勝手な言い分だが、怒りはない。冷静に事実を受け入れる。

「これで私は自由の身ですね……」

「王宮には二度と顔を出すなよ」

「ええ、二人の愛の巣にお邪魔するつもりはありません」

アリアは二人に背を向けて、駆け出していた。目尻からポロポロと涙が零《こぼ》れる。

「ふふ、私は自由……こんなに素敵なことがあるでしょうか……」

零れた涙は悲しさではなく、喜びから生じたものだった。

今までは婚約のせいでブラックな職場環境から逃げ出すことができなかった。だがフローラが聖女の務めを代わってくれるなら話は別だ。

彼女もまたイグニス家の男爵令嬢であり、聖女でもある。公爵夫人となれば、領地に金が流れる約束は果たされ、領民たちや家族が潤うことになる。

つまりアリアはなにも失わずに、休みを手に入れたのだ。泥を被ってくれたフローラには感謝さえ感じていた。

（後腐れなく、円満に退職できましたし、第二の人生を謳歌《おうか》するとしましょう）

王宮を追放されることになったアリアは、上機嫌でこれからの人生に思いを馳《は》せる。同時に、多忙な業務を引き継ぐことになるフローラを不憫《ふびん》に思うのだった。

第一章　～『皇国でのスローライフ』～

王宮を飛び出したアリアは、海上列車に乗り込んでいた。魔力をエネルギー源として動く列車は海上の線路を走っており、世界中の国々と繋《つな》がっている。

（綺麗《きれい》な景色ですね）

車窓の外には青い海が広がっている。窓側の席を確保できた幸運に感謝しながら、懐から収納袋を取り出す。

この収納袋は魔法の力が込められており、魔道具と呼ばれている貴重品だ。実際の体積以上の物を収めることが可能で、一人旅には欠かせないアイテムである。

アリアはその収納袋の中から、一冊の本を取り出す。駅で購入したガイドブックだった。

（到着まで時間がありますし、これから向かう先の国について思い出すことにしましょうか）

アリアは王宮を離れたため、そのまま王国に残り続ければ、トラブルに巻き込まれる危険がある。

リスクを避けるため、ハインリヒ公爵の影響力が及ばない外国へ逃げるしかないと結論付けた。しかしどの国に向かうかは多いに悩んだ。

なにしろ王国の周辺には、『オルディア帝国』、『エルデン共和国』、『セレス神国』など数多くの国家が存在するからだ。どの国にも魅力はあるが、悩んだ末、彼女が過去に暮らしたことのある国を選んだ。

その国の名は『ハクホウ皇国《こうこく》』。色鮮やかな刺繍が施された衣服や刀のような独自の文化が発展した島国である。

十年前、彼女は皇国の第八皇子の家庭教師を任されていたことがあった。王国と皇国の友好関係を深めるために派遣されたのだが、皇国での暮らしは一年ほどだったが満ち足りたものだった。

（皇子は元気にしているでしょうか）

アリアより二歳年上ではあったが、魔術の腕前に歳は関係ないため、彼女が師匠として選ばれた。背が低く、愛らしい顔立ちの彼は、母性本能を刺激する容姿をしており、当時のアリアは皇子のことを弟のように可愛がった。

あの時の少年が成長し、どのように変化しているのか。頭の中で空想を広げていると、人影が近づいてくる。

「相席よろしいかしら？」

「あ、どうぞ」

「では遠慮なく」

周囲に空いている席があるにも関わらず、黒髪黒目の女性が向かい合う形で座る。スラリとした体形で、軽装に身を包んでいる。

「私はリン。あなたは？」

「アリアですが……なにか御用ですか？」

「出会いは一期一会《いちごいちえ》と言うでしょ。折角、同じ列車に年の近い女の子が乗っているんだもの。話しかけないのは損でしょ」

リンの年齢は外見からアリアと同世代の二十歳前後だとうかがえる。暇つぶしの相手として選ばれたのだと知り、アリアは喜んで付き合うことにした。

「アリアは金髪なのね……もしかしてローランティア王国の出身かしら？」

「はい。といっても辺境の領地出身ですが……」

「謙遜《けんそん》しなくてもいいわ。私も皇国の田舎《いなか》の生まれだもの」

リンの黒髪黒目は皇国に住む者たちの特徴でもある。神秘的な外見だと、王国内では黒髪が異性から人気だったことを思い出す。

「リン様は里帰りですか？」

海上列車は王国を出発し、共和国、神国、帝国を経由して、皇国へと到着する。リンが列車に乗ったのが帝国だとすると、行き着く先は皇国だけだ。生まれ育った故郷に帰るのが目的だろうと予想するが、リンは首を横に振る。

「いいえ、目的は仕事探しよ。こう見えてもオルディア帝国では名の知れた冒険者だったのよ。

〝拳法使いのリン〟という名前を聞いたことないかしら？」

「いえ、聞いたことは……」

「王国にまでは広まってなかったのね。私の腕もまだまだね」

リンは僅《わず》かに口角を釣り上げる。どこか嬉《うれ》しそうでさえあった。

「親に連れられてオルディア帝国に渡ったけれど、本心は祖国で働きたかったの。そして長い修行の末、独立できるだけの知名度と実力を得たわ。これからはハクホウ皇国で生きていくつもりよ」

「皇国は魔物がたくさん出現しますし、きっと仕事に困ることはありませんね」

「ええ、それに皇国は実力主義の風潮が強いわ。優秀な人材を登用しているからこそ、平民の私でもチャンスが巡ってくるはずよ」

リンは闘志《とうし》で瞳を燃やす。特にローランティア王国やオルディア帝国では年齢や家柄が重視されていた。どれほど優秀でも若くて平民では出世できない。だからこそ皇国に希望を見出したのだ。

「私の目的は話したわ。次はアリアの番ね。あなたの旅の目的を教えて」

「実は、トラブルで王国を離れないといけなくなりまして……過去に一年ほど暮らしていたので土地勘があるのと……後は少し恥ずかしいですが、皇国は食べ物が美味しいですから……今までが多忙だった分、ゆっくりと美食を堪能して、リフレッシュできたらなって考えています」

「あなたも色々と苦労したのね……」

リンは優しげに目を細める。その反応から彼女の心根の温かさが伝わってきた。

二人は穏やかな空気に包まれていく。そんな中、リンはなにかを思い出したようにハッとした表情を浮かべた。

「ごめんなさい、そろそろ薬の時間だわ」

「病気なのですか？」

「肺が悪いの。だから一日に一度、薬を飲まないといけなくて……」

リンは懐から錠剤《じょうざい》を取り出すと、それを水もなしに飲み込む。

「肺の病は子供の頃からですか？」

「悪化したのは大人になってからよ。薬や呼吸法を学んだおかげで、なんとか命を取り留めているけど、残りの人生はそう長くないわね」

「リン様……」

「だからこそ私は人生を後悔したくないの。前向きに精一杯生きてこその私だから」

悲壮感は微塵《みじん》も感じられない。時が限られていても、今を楽しんでいるのだと伝わってきた。

「旅のよしみです。もしよろしければ肺の病気を治して差し上げましょうか？」

「治せるなら治して欲しいけど……どうやって？」

「私の魔術を使ってですよ」

アリアは右手に魔力を集約させると、彼女の胸に触れる。魔力は癒しの輝きへと変換され、リンの肉体を光の奔流《ほんりゅう》が包み込んでいく。その光が晴れた時、リンの顔色に変化があった。

「肺の違和感が消えたわ……」

「治療しましたからね。当然です」

「アリア、あなたはいったい……」

「王国では聖女と呼ばれていましたね」

「――ッ……あの有名な回復魔術の使い手の！」

聖女について知っていたのか、リンは納得する。そしてアリアの手を取ると、小さく頭を下げた。

「ありがとう。この恩は一生忘れないわ」

「いえ、たいしたことはしていませんよ」

「私にとっては救いだったの。本当にありがとう」

王宮ではルーティンのように治療していたせいで人を救う喜びを忘れていたが、改めて、聖女の力は人の役に立てるのだと実感する。もう長時間労働は懲り懲りだが、たまには仕事も悪くないと思えた。

「アリアは皇国に着いたらどこに行くか決めているの？」

「特には……」

「なら一緒に行動しましょうか。アリアと一緒ならきっと楽しくなるわ」

「私もリン様と一緒だと心強いです」

アリアは旅の始まりで友人ができた偶然に感謝する。列車が鳴らす汽笛も彼女を祝福しているかのようだった。

それから二人は他愛もない話に花を咲かせる。

時間は経過し、やがて海上を走る列車がスピードを緩めていく。車窓の外ではカモメが空を飛び、陸地の輪郭《りんかく》も薄っすらと見えてきた。

「そろそろ到着ですね」

「上陸するのが楽しみね」

旅の時間で二人は会話を重ね、まるで竹馬の友のように心を通わせていた。気を遣うことのない友人は貴重なため、アリアはリンに感謝していた。

「皇都に着くのが待ち遠しいわね」

「まずは観光や食べ歩きを満喫したいですね。忙しくて、貯金ばかりしていたせいで、お金はありますから」

「そんなに聖女の仕事は多忙だったの？」

「休みが二日しかありませんでしたから」

「週休二日なら普通じゃない？」

「いえ、年に休みが二日でした……」

「ごめんなさい。私が間違っていたわ」

年末と年始の二日だけは休みを与えられたが、それ以外は誕生日でも休みなしだった。しかも一日あたりの労働時間も長い。よく過労で倒れなかったと自分を褒めてやりたいくらいだ。

「アリアはしばらく働く必要はなさそうね」

「数か月くらいなら無職でも暮らせますね。でもそれ以上は無理です。なにせ聖女のお仕事は、給金も最悪でしたから」

アリアの聖女としての給与は月に金貨十枚。王国の平均的な賃金が金貨二十枚のため、お世辞にも裕福とはいえない。

王宮での生活のおかげで家賃と食費が不要なため暮らせていたが、豪快に散財できるほどの蓄えはない。

「王国って案外ケチなのね」

「いえ、ケチなのは王国ではなく、私の元婚約者のハインリヒ公爵です」

「どういうこと？」

「聖女の給料は、国から公爵に支給され、その後、私に渡ってくるのです。公爵様は王宮で生活費がかからないのだから賃金は少なくていいだろうと、私の給料を中抜きしていたんです」

しかもハインリヒ公爵はアリアから奪った金で豪遊していた。夜遊びの噂《うわさ》も絶え間なく耳に届くほどだった。

「最低な男ね。私が一緒なら懲《こ》らしめてやったのに」

「きっとこれから罰は下りますよ。なにせ妹と結婚するのですから」

お互いに我儘《わがまま》な性格な二人だ。関係性が長続きするとは思えない。いずれ別れた時に、きっとアリアを捨てたことを後悔するはずだ。それを思うと、胸の中がスカッとして、晴れやかな気持ちになる。

「どちらにしろ、もう終わった話です。大切なのはこれからのことですから」

「前向きなのね」

「それだけが取り柄ですから」

「私も見習わないとね。これから忙しくなるし、後ろを向いている暇はないもの」

その言葉に反応したかのように、列車は動きを緩める。窓の外の景色も徐々に静止していくのだった。

●●●

皇都に辿《たど》り着いたアリアたちは、その街並みに目を奪われていた。瓦《かわら》屋根の長屋や商店が並び、商人たちで街は賑《にぎ》わっている。

「懐かしいですねぇ」

「アリアは皇都を訪れたことがあるの？」

「十年前に皇国で暮らしていた頃に何度か……でも以前よりも発展していますね」

「皇国はここ数年で大きな力を付けた国だもの。経済力は街並みに現れるから、変化を感じるのも当然ね」

物資が豊富になれば人が増え、そして新しい建物が建てられる。そうやって街は発展していくのだ。

二人は皇都の目抜き通りを、人混みの流れに乗りながら進んでいく。アリアの足取りに迷いはない。彼女の目指す場所は決まっていた。

「ここが私の来たかった場所です」

アリアが連れてきたのは甘味処だ。氷菓が名物なのか、看板には大きくイラストが描かれている。

十年経《た》っても店が残ってくれていたことに感謝しながら、さっそく、店の中に足を踏み入れる。座席に通された二人はメニュー表をジッと見つめる。美味しそうな商品名がずらりと並んでいるため、どれを注文するべきかと頭を悩ませていた。

「アリアはこの店に来たことがあるの？」

「弟子がここの菓子を気に入っていたんです」

「お弟子さんがいたのね。さすが聖女様」

「そんなたいしたものではありませんよ。私が教えたのは魔術の基礎だけですから」

魔術は訓練を積めば誰でも扱えるが、どのような魔術を使えるかは生まれ持った適性に依存する。そのため聖女のみが適性を持つ回復魔術を他人に伝授することはできない。

だが魔術のエネルギー源である魔力のコントロールなら教えることができる。基礎的な修行が中心だったが、彼の役に立てているはずだと信じていた。

「う～ん、駄目ね。どれも美味しそうで決められないわ」

「私はこの透明なゼリーに黒いシロップを絡ませたデザートにします。弟子の好物だったので、味だけでも懐かしさに浸りたくて……」

「アリアらしいわね。なら私も同じものにするわ」

注文してから十分も経たずに、注文したデザートが運ばれてくる。ゼリーの上に柑橘《かんきつ》系の果物が乗り、上から黒いシロップがかかっている。甘い匂いが食欲をそそった。

二人はさっそく舌鼓を打つ。互いの感想を確認しなくても、浮かんだ笑みで察することができるほどに美味だった。

「昔、食べた味のままですね……」

弟子は元気にしているのだろうかと、感傷に浸っていると、人影が近づいてくる。人相の悪い男で、腰に刀を差していた。

「おい、あんた、王国の人間か？」

「そうですが……」

「俺は王国の人間に騙《だま》されたことがあってな。お前の金髪を見ただけで昔を思い出して不快になった」

「はぁ、そうですか……」

「だから慰謝料をよこせ」

あまりに馬鹿げた難癖だ。きっと女だからと舐《な》めているのだろう。きっぱりと断ろうとした時、また別の男性が近づいてくる。

「話は聞かせてもらったが、皇国の人間が君のような恥さらしばかりだと思われるのは迷惑だ。即刻、止めてもらおうか」

助けてくれたのは魅入られるほどに美しい青年で、短く切り揃《そろ》えられた艶のある黒髪と、力強さを感じさせる漆黒の瞳が存在感を放っていた。

背は周囲の人々を圧倒するほどに高く、堂々とした姿勢は自信の強さを物語っている。服の上からでも分かるほどに筋肉質で、生地越しに浮かびあがる肩や腕の筋肉は、日々の鍛錬の証《あかし》でもあった。腰から刀を下げており、武人としての凛々《りり》しさを纏《まと》った彼は、一見して分かるほどの強者だった。

「無関係な奴は引っ込んでろ！」

「関係者さ。少なくとも皇国の評判を悪化させる君の行動を見過ごせないほどにね」

「……どういう意味だ？」

「私のことを知らないのかい？」

「誰がお前のことなんて……あああっ！」

「気づいたようだね」

「し、失礼しました！」

人相の悪い男は逃げるように走り去っていく。その背中を見送った青年は、小さく息を漏らす。

「やれやれ、お忍びで食事に来たのに台無しだ……それにしても、我が国の民が迷惑をかけたね」

「いえ、あなたが謝ることではありませんから」

「だが……」

助けてもらっただけで十分だと笑みを向けると、青年はジッとアリアの顔を見つめる。その視線に気づいたアリアは疑問を呈す。

「あの、まだなにか……」

「もしかして……でも、まさか……」

「ん？」

「もしかして師匠なのかい？」

その問いで青年の正体が、かつて教え子だったシン皇子だと気づく。アリアは驚きで目を見開く。

「あなたは……お久しぶりですね！」

「やはり師匠でしたか！」

二人は偶然の再会を果たす。少年だった弟子は成長し、立派な好青年へと変化していたのだった。

幕間　～『アリアを追放したハインリヒ公爵』～

ハインリヒ公爵は清々しい朝を過ごしていた。王宮に用意された客室で紅茶を啜《すす》りながら、窓から差し込む光に目を細める。暖かい光はまるで彼の輝かしい未来を象徴しているかのようだった。

「アリアを王宮から追放したのは正解だったな」

ハインリヒがアリアを嫌っていたのは、疲れの溜《た》まった暗い顔が苦手だったことが一番の理由だ。

しかしそれ以外にも理由はある。例えば賃金の問題ではよく彼女と喧嘩《けんか》していた。

聖女には国から莫大な報奨金《ほうしょうきん》が与えられるのだが、その内の大半をハインリヒは中抜きしていたのだ。

だが彼は悪いことをしたと思っていない。聖女の夫となる予定なのだから、夫婦の共有財産は夫である自分が管理するのが正しいと本気で信じていたからだ。

「そもそもアリアには聖女としての自覚がないのだ。聖女ならば患者からの『ありがとう』の言葉だけを糧《かて》に清貧に生きればよいものを……」

待遇アップを求めてくるアリアにいつもイライラさせられていた。その苦しみからの解放感こそが、彼の清々しい笑みに繋がっていた。

「本当に私は幸運だ。あんな陰鬱《いんうつ》な女との結婚を回避し、フローラのような素敵な女性と結ばれるのだからな」

フローラはアリアと姉妹だとは思えないほどに明るい性格をしている。いつも笑みを絶やさない彼女とならば、順風満帆《じゅんぷうまんぱん》な未来が待っているはずだ。

「フローラと会いたくなってきたな」

ハインリヒ公爵はフローラの働いている診療所へと向かう。王宮の敷地内に建てられた白い建造物の前には長蛇の列ができていた。

「素晴らしいな……」

アリアが聖女をしていた頃は患者が並んでも列になるようなことはなかった。フローラの美しさがこれだけの人を集めたのだと知り、彼女を抜擢《ばってき》した自分の有能さに身震いしてしまう。

「皆様、いつも聖女の治療を受けてくださり、ありがとうございます。私は婚約者のハインリヒ公爵でございます」

彼が下手に出ているのは、患者の中に有力者が混じっているからだ。しかも王国以外の他国の重鎮《じゅうちん》の姿もある。媚《こび》を売っておくことで損をすることはない。

「貴様がハインリヒ公爵か……確か、アリア様を王国に繋ぎ止めるための贄《にえ》だったな……」

患者の一人の老人がそう呟《つぶや》く。侮蔑《ぶべつ》が混じった発言に怒りが湧《わ》くが、すぐにその感情を抑え込む。その老人が上役である大臣だと気づいたからだ。

「それで、アリア様はどうした？」

「あの女なら私がクビにしました。そしてより有能なフローラを王宮務めの新たな聖女に据《す》えたのです」

「そ、それは、本気で言っているのか……」

「はい、より優秀な者を採用できたのは、私の手腕によるものです」

ハインリヒ公爵は自慢げに語る。しかし大臣の反応は予想と違っていた。

「ふざけるな！　アリア様をクビにしただと！」

「は、はい。ですが、フローラを代わりに――」

「そのフローラ様は疲れたからと私たちを放置して遊びに行かれたぞ！　アリア様の時はこんなことが起きたことはなかった！　どう責任を取るつもりだ！」

「フローラが遊びに……こ、これは、きっと事情が……」

「なら早く連れ戻せ。それくらいしか役に立てないのだ。最低限の仕事くらいこなしてみせろ」

「うぐっ……」

ハインリヒ公爵はただひたすらに怒りを我慢する。大臣が彼に対して厳しいのには理由があった。

元々、ハインリヒ公爵は同じ爵位の中でも最弱の力しかなく、爵位降格の話が挙がっていたほどだった。

そんな彼を救ったものこそ、アリアとの婚約だった。自由に結婚相手を選べなくなるものの、聖女を繋ぎ止める役目を担うことで、公爵の立場を維持したのだ。

だからこそ、事情を知る者たちはハインリヒ公爵を軽く見ていた。無能な男だと内心では馬鹿にされており、その評判を覆すためにも、アリアよりフローラの方が有能だったと証明しなければならない。

「わ、分かりました。必ずフローラを連れ戻します」

「もし失敗したなら覚悟しておけ。なんの権限もない貴様がアリア様を追い出したのだ。その責任は取ってもらうからな！」

「わ、分かりました……」

フローラの居所には心当たりがあった。彼女がいつも休憩で使っているお気に入りの薔薇園《ばら》へと向かうと、ベンチに腰掛け、空を見上げる彼女を発見する。

「フローラ、ここにいたのか」

「公爵様……どうしてここに？」

「探しに来たに決まっているだろ。さぁ、仕事へ戻ろう」

「仕事は嫌ですわ！」

フローラは頭を抱えて拒絶する。絶対にこの場から動かないと鉄の意思さえ感じさせた。

「治しても治しても患者の数は減らないのに、休んだら早く治せと叱られる。あんな理不尽な職場で働くつもりはありませんわ」

「だ、だが、皆がフローラの癒しの力を願っているんだ。私のためにも頑張ってくれないか!?」

「嫌なものは嫌ですわ！　私は私の幸せが一番大切ですもの。婚約者なのですから、公爵様がなんとかしてくださいまし」

それじゃあと、フローラは立ち上がり、逃げるように去っていく。その背中に声をかけても、彼女の心には響かない。姿が見えなくなったところで、ハインリヒの肩に絶望がのしかかってくる。

「嘘《うそ》だ……これは夢だ……」

聖女に代わりはいない。フローラを無理して働かせた場合、二度と仕事をしてもらえない可能性もあるため、強要もできない。

患者たちを宥《なだ》めようにも相手は重鎮たちばかり。きっと彼らの目にはハインリヒ公爵がアリアを追い出した無能と映るだろう。評判はさらに悪化してしまう。

八方塞がりの状況に、ハインリヒ公爵は現実逃避することしかできないのだった。

幕間　～『姉を裏切ったフローラの心中』～

アリアはフローラにとって呪いのような存在だった。優秀な姉と比較される日々は苦痛であり、耐え難いもので、幼少の頃から常にアリアの陰に隠れてきた。もちろん両親はフローラのことをアリアと同じように育てようとしたが、彼女は努力を拒否した。

淑女となるべく行われる貴族教育や魔術の訓練を放棄し、親からのすべての期待をアリアに押しつけた。

フローラはそれが悪いことだとは思っていない。得意なことは得意な人間がやればいい。魔術に秀でたアリアが王宮で聖女の務めを果たせばいいと、本気で考えていた。

そんな態度だったからこそ、ある日、突然、両親がフローラに期待することを止めた。なにも言わなくなり、注意もしなくなった。

それは一見、自由を与えられたかのように感じられた。誰にも叱られないし、好きなことをしていい。だが、その自由は決して解放ではなく、見捨てられただけだった。

しかしフローラは絶望しない。幸いにも容姿は整っていたため、良縁さえ見つかれば、幸せになれると信じていたからだ。

だが結果は失敗。縁談は面会まで成立するが、我儘を言いすぎるせいで、婚約者との関係が破綻してしまうからだ。

なぜ世の中の男たちは自分の望みを叶《かな》えられないのか。

なぜ美しい自分の要求を聞き入れないのか。

本気で疑問に感じ、男たちにぶつけたが、その返答はいつも同じ。突きつけられるのは婚約破棄ばかりだった。

聖女としても成功せず、誰とも結ばれないまま一人で生きていく。そんな将来への恐怖に支配されようとしていた時だ。運命は思わぬ形で逆転を果たす。

アリアの婚約者のハインリヒ公爵がフローラに言い寄ってきたのだ。これはチャンスとばかりに誘惑し、彼を骨抜きにした。目の上のたんこぶだった姉を追い落とすように誘導し、その結果、婚約破棄へと繋げることができた。

王宮を追い出されたアリアが涙を流す姿を見た瞬間、フローラは心の中で「ざまぁみろ」と笑った。

長い間、アリアの陰に隠れ、勝つことなど夢のまた夢だとばかり考えていたが、最後に勝者の座を手に入れたのだ。

これからは公爵夫人として王宮で華やかな生活を送ることになる。やっと幸せになれると考えたフローラだが、一つだけ大きな誤算があった。

王宮務めの聖女の仕事が想像以上に厳しかったのだ。

今までもフローラは聖女として活躍してきた。だがそれは魔力消費の少ない、ほんの軽い応急処置ばかり。アリアが治療するまでもない楽な仕事しか引き受けてこなかった。

回復魔術は疲労も大きい。アリアは魔力や体力を消耗して、いつも疲れ切っており、そのせいで不気味がられることもあった。

一方、フローラは常に満面の笑みを浮かべ、愛想だけは誰よりも努力した。人から好かれることには自信があったし、そのおかげでアリアと比較される形で〝白の聖女〟の異名まで手に入れた。

だがそれはハリボテだ。アリアが消えた今、治療の重責を背負う覚悟はない。楽にずる賢く生きてきた彼女は、これからも苦労するつもりは一切なかった。

フローラは世界で最も幸せになるつもりだ。そのためなら、ハインリヒ公爵でさえも利用すると決めていたのだった。

幕間　～『師匠と再会したシンの過去と初恋』～

シンは第八皇子である。皇位継承権を持ちながらも、八番目ともなれば、周囲からの関心は薄れるのが常であり、両親も例外ではなかった。

こうなった理由は二つ。一つは兄たちが優秀であることだ。文武両道の魔術の天才たちの存在によって、シンはあくまで〝八番目の皇子〟として認識されるのみで、期待すらされなかった。

二つ目は時間が有限だからである。国の運営や外交に忙殺される皇族にとって、シンのような末弟の皇子は相手をする優先度が低い。彼の従者以外はシンの存在そのものを忘れる者さえいる始末だった。

そんな日々が続く中、シンにとっての転機が訪れる。アリアという名の少女が魔術の教師として王国から派遣されたのだ。

彼女は二歳年下ながらも非常にしっかりしており、年齢に見合わぬ早熟さを持っていた。

当時のシンは、孤独で内向的な子供だった。話し相手もおらず、日々を一人で過ごしていた彼にとって、アリアの登場は大きな変化をもたらした。彼女はシンの心の殻を破り、外の世界へと引っ張り出してくれたのだ。

シンにとってアリアは、ただの教師役ではなかった。孤独な彼にとって、自分のことを気にかけてくれる世界で唯一の信頼できる存在だった。

それからシンたちは、皇都で美味しいものを食べたり、海で釣りをしたりと絆《きずな》を紡いでいった。お互いに気を許し合い、共に過ごす時間は、次第にシンにとって掛け替えのないものとなっていく。

仲も深まり、家族や親友とも呼べるような関係性になった頃、シンはアリアに連れ出され、森の奥深くにある丘へと案内される。

夜の丘は静寂に包まれ、上空には満天の星が広がっていた。まるで夜空に散りばめられた無数の宝石のように星が輝いており、流れ星が夜空を横切ることもある。

その壮大な光景に、シンは胸の奥にぽっかりと空いた虚しさを覚える。ずっと心の奥に仕舞い込んでいた疑問が、突然こみ上げてきたのだ。

『……私が生まれてきた意味って、なんだろうね？』

シンは、ふとアリアに問いかける。その質問は重く、長い沈黙を生む。

第八皇子であるシンの上には優秀な兄たちがいる。七人の兄に不幸でもなければ、八番目の保険としてさえ使われることもない。必要とされることのない虚しさが、星空を見上げる彼の胸に押し寄せていた。

だが、そんな彼を見つめながら、アリアは優しく微笑む。その笑みは、まるで夜空を照らす月の光のように柔らかで、温かかった。

『生きる意味ならありますよ』

『え……』

『だってあなたがいなければ、こうして一緒に綺麗な星空を楽しめていません。私の毎日が楽しいのは、あなたがいてくれるおかげですから』

アリアの言葉は、シンの心の奥底に届く。彼女の存在が自分にとってどれほど大切かに気づいたのだ。そして、シンは自分の心に新たな感情が芽生えていることを自覚する。

それは初恋だった。

だが自覚してから数日後、アリアは国の事情で王国へと帰還してしまった。初恋は実ることはなかったが、シンは決意する。もし次に再会することがあれば、驚かれるほどの成長を遂げてみせると。強く心に刻むのだった。

第二章　～『弟子との再会』～

第八皇子のシンと再会を果たしたアリアは、リンと共に彼の屋敷へと招待されていた。皇都の街外れにある武家屋敷は全体像が把握できないほどに広い。

玄関を超え、屋敷の中の客間へと案内される。採光のための欄間《らんま》には皇国の守護神である鳳《ほう》凰《おう》が描かれており、壁には掛け軸が飾られていた。

「師弟水入らずで話したいこともあるでしょうし、私は席を外すわね」

「なら私の部下が外にいるから、声をかけて欲しい。別の部屋を案内してくれるはずだ」

リンはシンの提案に頷《うなず》いて、客間を去ると、アリアとシンが残される。畳の上には座敷机と座布団が並べられており、シンから座るように促されると、アリアは恐る恐る腰を落とした。

「改めて、師匠と再会できて嬉しいよ」

「シン――いえ、シン様こそ立派になりましたね」

「私のことは昔のようにシンで構わないが……」

「そうはいきませんよ。シン様は皇子ですから。私が皇族を軽んじる非常識な人間だと思われてしまいます」

子供だった頃の彼とは違う。多くの部下に慕われ、立派な皇子へと成長している彼に対して、礼儀は尽くすべきだ。

「なら師匠と呼ぶのもマズイかな？」

「皇子に師匠と呼ばせては周囲の目が気になりますからね。私のことはアリアと気軽にお呼びください」

「アリアか……師匠を名前で呼んだことがなかったから、なんだか新鮮だね」

「すぐに慣れますよ」

アリアが笑みを向けると、シンは気恥ずかしそうに頰を掻《か》く。穏やかな空気に包まれていると、廊下から声がかかる。

「失礼します、シン皇子」

シンの部下の一人が襖《ふすま》を開いて、お盆の上に湯呑《ゆのみ》を乗せて運んでくる。座敷机の上に並べると、アリアを一瞥《いちべつ》した。

「あなたが噂の聖女様ですか……」

「噂の？」

「こちらの話です」

どんな噂が流れているのか、知りたいが怖くて聞けない。黙り込んでいると、シンが苦笑を漏らす。

「こいつは私の副官のカイト。不愛想なところと口が悪いことを除けば完璧な男だよ」

「カイト様ですね、よろしくお願いします」

「よろしく……」

挨拶を終えたカイトはそのままシンの隣に腰掛ける。どうやら出ていくつもりはないようだ。

（少し苦手なタイプかもしれませんね）

年齢は二十代中頃だろう。上着を完璧に着こなし、背筋をぴんと伸ばした姿勢からは冷徹さと威厳が滲《にじ》み出ている。黒髪は短く整えられ、余計な装飾など一切なく、そのシンプルさがかえって鋭利な印象を強調していた。

彼の瞳はまるで獲物を逃さない鷹《たか》のように鋭く、冷ややかな光を宿している。顔立ちは端正だが無愛想で、表情に温かみがない。暗めの色合いの服装は彼の内面を映し出すかのように落ち着いており、近寄りがたい印象を与えていた。

「そういえば、アリアは皇国に観光で来ているのかい？」

「観光を楽しむのも目的の一つですが、色々と事情がありまして。長らく滞在するつもりです。なので、これから住まい探しですね」

「ならこの屋敷に住めばいい」

「ですが、シン様に申し訳ないですし……」

「気にしないで欲しい。部屋はたくさん余っているから。なぁ、カイト」

「はい。それに、ご友人のリンさんは、お誘いしたら、是非にとのことでしたよ」

「リン様らしいですね」

正直、住まいを提供してもらえるのはありがたい話だ。シンの厚意に甘えることを決めると、彼はパッと表情を明るくする。

「またアリアと一緒に暮らせる日がくるなんて夢みたいだ」

「懐かしいですね。昔は四六時中、一緒にいましたから」

「だがアリアは帰還命令を受けて、王国に帰ってしまった……私と別れてから、なにが起きたのか、教えてくれないか？」

「面白い話ではありませんよ……」

アリアは長時間労働を強いられていたことや、公爵に婚約破棄されたこと、休暇を満喫するために皇国を訪れたことを包み隠さずに打ち明ける。

話が進むたびにシンの表情が曇っていくため、申し訳なさを覚えたが、途中で止めることはできないと最後まで伝える。話を終えると、彼の目尻には僅かに涙が溜まっていた。

「アリア、ここには君に労働を強いる人はいない。活力が回復するまでゆっくりしていって欲しい」

「は、はい」

外見は成長したが、心根は昔と変わらない優しいままだ。その事実が理由もなく嬉しかった。

「シン様は私と別れてから、どのような人生を過ごしてきたのですか？」

「私は皇子だからね。領地を運営したり、次期皇帝となるための帝王学を学んだりと大忙しさ」

「あれ？　シン様は末子ではありませんでしたか？」

王国では長男が次期国王となる。第八皇子のシンではチャンスすら与えられないと思い込んでいたが、その考えは否定される。

「皇国は実力主義の国だからね。最も統治能力に優れた皇子が皇位を継承するルールになっているんだ」

「ならシン様も次期皇帝になる可能性が……」

「十年前なら無理だと諦めていただろうが、アリアと出会ったことで、私は変わった」

「私、ですか？」

「アリアと暮らした日々のおかげで自分に自信が持てたんだ。兄たちと比べて期待されていないのは変わらずだが、次期皇帝となるために手を尽くしている」

険しい道でも諦めない。不屈の精神がシンの瞳に表れていた。

「ただルール上、末弟である私は最も不利なんだ。皇子たちは皇都を除く八つの土地をそれぞれ治め、期間内に最も栄えさせた者が次期皇帝となるルールなのに、長男から順に統治に有利な領地が割り当てられているからね」

「つまりシン様は最も困難な土地を治めているのですね……」

「それくらいの不利を覆せなければ、第八皇子に皇帝になる資格はないということさ」

領地の発展のために邁進《まいしん》する日々を過ごしてきた彼は、努力ばかりの毎日だと続ける。

「シン様は昔から頑張り屋さんでしたからね……」

「私には才能がなかったから。皇帝になるために誰よりも努力する必要があっただけさ……でもおかげで、最も不利なスタートだったが、他の皇子たちになんとかくらいつけている。これは魔術を教えてくれたアリアのおかげでもあるんだ」

「シン様……」

シンはアリアの教えを糧としてくれていた。自分の一年は無駄ではなかったと知り、口元が自然と緩んでしまう。

「それにしても、偶然、アリアと再会できてよかった。それだけでも目抜き通りを訪れた甲斐《かい》があったよ」

「そういえば、なぜシン様は皇都にいらっしゃるのですか？」

「仕事を頼まれてね。仲間と一緒に魔物退治さ」

「領主自らですか？」

「一応、私が領内一の剣士だからね。それに魔物退治の功績に応じて、開拓地が与えられる。私の治める第八領地は狭いからね。新しい土地は喉から手が出るほどに欲しいんだ」

重要な案件だからこそ、領主であるシン本人が皇都へと赴いたのだ。魔物との戦いは危険も多い。心の中で無事を祈ると、彼は柔和な笑みを浮かべる。

「では、私はそろそろ仕事に行くよ。この客間は自由に使ってくれて構わないから」

「ご厚意、感謝します」

礼を伝えると、副官のカイトと一緒に襖を開けて去っていく。静かになった部屋で、彼女は畳の上に寝転がりながら、目を閉じる。畳の匂いが鼻腔《びこう》をくすぐり、眠気に支配されていくのだった。

●●●

客間を後にしたシン皇子の足取りは軽い。そんな主人の態度が面白くないのか、カイトは愛想の悪い顔をさらに悪くしていた。

「シン皇子は随分と上機嫌ですね」

「アリアに再会できたからね。当然さ」

「慕っていたのは知っていましたが、まさかあれほどとは思いませんでしたよ」

副官のカイトはシンの傍《そば》にいることが多いため、再会する前から、アリアとの過去の思い出話をうんざりするほど聞かされていた。

おかげで、シンがかつての師を慕っていることは知っていた。だがその感情がこれほどとは想像していなかったのだ。

「カイトにアリアを紹介できてよかった。素晴らしい人だったろ？」

「ええ。聖女の癒しの力は我が領地の役に立つでしょうからね」

「馬鹿者、アリアを利用するような言動は私が許さないぞ」

冗談交じりの口調だが眼が笑っていない。こういう時の彼は本気である。

「……シン皇子が女性にここまで肩入れするなんて珍しいですね」

「仕方ないだろ。なにせ私の初恋の女性だからな」

変わらない美貌に再会した時は驚いたものだとシンは続ける。カイトは主人らしくない言動に辟易《へきえき》するが、すぐにいつもの平静さを取り戻した。

「まぁいいでしょう。いずれ世継ぎは必要です。前向きに捉えれば女性に興味を持つのは悪いことではありませんから……ですが、入れ込みすぎるのは駄目です。あなたは次期皇帝を目指すお方。色恋に寄り道をしている暇はありませんから」

「分かっているさ。でもアリアは私に初めて愛情を注いでくれた特別な人だ。それだけは分かって欲しい」

「シン皇子……」

「ただ今ではカイトを含め家臣たちも皆が大切な家族だ。私が皇帝となり、幸せにする務めを忘れるつもりはない。だから安心して欲しい」

その言葉は嘘偽りのない本心だ。だからこそカイトの心に響く。第八皇子という不利な立場にいる彼に仕えているのは、カイトもまたシンに対して、心からの敬愛があったからだった。

ここまでの忠義を抱くようになったのは、カイトがシンに救われた過去が関係している。シンの言葉に耳を傾ける中で、カイトの頭の中に八年前の記憶が鮮明に蘇ってくる。

カイトには病弱な妹がいた。重い病にかかり、治療を受けなければ命を落とす状況だったが、彼の家はあまりに貧しく、治療費を捻出できずにいた。

妹を救うため、カイトは金を得ようとした。街の有力者や商人に治療費を貸して欲しいと必死に頼み込んだが、誰もが彼の懇願《こんがん》に耳を貸すことなく、ただ無情に背を向けた。

金さえあれば救えるのに、その金が手に入らない。

妹を失うかもしれないと、絶望の淵《ふち》に立たされていたカイトは、最後の希望を胸に領地を治める皇子に助けを求めることにした。

それはシンが視察で街を訪れた時だった。護衛に囲まれながら、一歩一歩、確かな足取りで周囲を見て回る彼の足元に、カイトは群衆を掻き分けて飛び出したのだ。

その時のシンの表情を、カイトは今でも鮮明に覚えている。

騒然となる護衛や群衆を落ち着かせてから、カイトの事情に静かに耳を傾け、少しも疑うことなく頷くと、治療費を全額支払ってくれたのだ。

おかげで妹は無事に治療を受け、命を救われた。その時の恩があるからこそ、カイトはシンを裏切らない。いつまでも味方であり続けると誓っていた。

「私は皇子に仕えられて本当に幸せです」

「私もだ。カイトが家臣でいてくれるおかげで、いつも助けられているよ」

二人の間には損得勘定を超えた固い絆が結ばれている。副官として辣腕《らつわん》を振るうようになったカイトは他の皇子からスカウトを受けたこともあるが、シンから受けた恩義を優先し、その誘いをすべて断っていた。シンに忠誠を誓い、彼の障害を排除するためならどんな手でも使うつもりだった。

最悪の事態に陥った時、カイトはすべての泥を被る覚悟を決めていた。腰に提げた刀をアリアに向ける日が来ないことを祈りつつ、彼らは魔物退治へと出かけるのだった。

●●●

畳の上に布団を敷いて、アリアは仮眠を満喫していた。目が覚めると、外は薄暗くなっており、数時間、眠りに付いていたのだと知る。

（久しぶりの布団のおかげで、よく眠れましたね）

王宮で働いていた頃は床で眠る毎日だった。硬い大理石の感触はもう懲り懲りだと、寝具で眠れる日々に感謝する。

（でも甘えてばかりはいられませんね）

　シンは優しい性格をしている上に、アリアのことを慕っている。きっと惰眠を貪《むさぼ》っても、屋敷から出て行けとは言わないだろうし、どこまでも甘やかしてくれるはずだ。

　しかしアリアにも人並みの恥はある。無駄飯ぐらいになるつもりはない。

（でもどうやって恩返しすればよいのでしょうか？）

　最初に思いついたのは、手料理を振舞うことだ。実はアリア、料理に自信があった。子供の頃のシンに得意料理のオムライスをご馳走《ちそう》した時は美味しいと喜んでくれたし、あのハインリヒ公爵でさえ、料理だけは上手いと褒めるほどだ。

（ただ調理人さんにご迷惑をおかけすることになるかもしれませんね）

　皇子には多くの家臣が仕えている。その中には調理人も混じっているはずだ。プロに勝てるとは思わないものの、万が一ということもある。もしアリアの腕が勝っていれば、立場を奪いかねない。

（やはり私が貢献するなら聖女としての力を活かすべきでしょうね）

　単純に思いつくのは怪我人の治療だが、屋敷にそれらしき人は見当たらない。能力の特性上、緊急時にしか活用できないのが歯がゆいばかりだ。

（急ぐ必要はありませんね。今までの仕事の疲れを癒しながら、貢献する方法を考えていくとしましょう）

　布団で眠ったことでリフレッシュすることができた。しかし王宮で溜め込んだ疲労は完全に消えたわけではない。

穏やかな日常を過ごすと決めて、客間の外に広がる中庭へと出る。石敷きの庭に、松の木が伸びている。庭の中央には鯉《こい》が泳ぐ池があり、そこで一人の老人が伸びた木の枝の伐採《ばっさい》に勤しんでいた。おそらく庭師だろう。

「綺麗なお庭ですね」

庭師だと思われる老人に話しかける。白髭《ひげ》を蓄えた彼の顔は彫りが深く、どこか気品を感じさせつつも、優しさが表情に滲んでいた。腰が曲がり、ほうれい線が目立っていることから、かなりの高齢だとうかがえた。

「あなたは、お客人の聖女様ですね？」

「私のことをご存知なのですか？」

「それはもう。どんな病でも治せると有名な、あの聖女様が屋敷に滞在していると皆が噂していますから」

「なんだか恥ずかしいですね」

聖女は世界に数えるほどしかいない存在だ。屋敷に招待されれば、話に挙がっても不思議ではないし、噂話をアリアが止めることもできない。

「この庭を一人で整備されているのですか？」

「客人を楽しませる眺めを作るのが趣味ですから……ただ、この腰ですから。いつまで続けられるか……」

「後継者の方は？」

「いませんよ。若者はこんな地味な仕事をやりたがりませんから……私がいなくなった後、荒れていく庭を思うと不憫ですが、仕方ありませんね……」

老人は残念だと、小さな溜息を吐《つ》く。アリアにとっても美しい庭は貴重だ。ここで失われるのは勿体《もったい》ないと感じる。

「なら私が力になりましょうか？」

「聖女様に庭の整備はお願いできませんよ」

「そちらではなく、曲がった腰を治して差し上げますよ」

老化は肉体の生命力が衰えたことにより発生する現象だ。死者さえ蘇生可能な回復魔術は生命力を復活させて、部分的に若返らせることさえ可能だった。

「腰に手を触れますね」

相手に同意を得てから、魔力を帯びた手を添える。溢《あふ》れる魔力を癒しの輝きへと変換し、回復魔術を発動させた。

光の奔流に包まれ、曲がっていた腰が次第に上向き始める。肉体が活力を取り戻した証拠であり、その効果を実感した老人も驚きで目を見開いている。

「これは凄《すご》い。まるで十歳は若返ったようです」

「ふふ、ご年配の方の治療は慣れっこですから。効果は保証しますよ」

王国は年功序列の文化があるため、王国の上層部は老人が占めていた。聖女の仕事をしていた頃の顧客は、ハインリヒ公爵によって選ばれた重鎮たちであったため、高齢者の相手には慣れていたのである。

「本当にありがとうございました、聖女様」

「いえいえ、素敵な庭のお礼ですから」

感謝されるのは満更でもない。王国では高慢な貴族の相手が中心だったため、素直に喜んでもらえるだけでやり甲斐を感じられた。

(これで少しはシン様にも恩返しができましたかね)

彼の家臣を治療したのだ。これは回り回って、シンの利益になるはずだと達成感を覚えるのだった。

●●●

数日後、アリアは客間で天井を見上げながらも、どこか落ち着かずにいた。

元々過労死寸前まで働いていたせいもあり、仕事がないことが辛《つら》くなってきたのだ。定年後に裕福な高齢者がなぜ働くのか、今まで理解できずにいたが、その気持ちをアリアはしみじみと実感できるようになっていた。

（屋敷内の体調が悪い人はすべて治してしまいましたからね）

庭師の老人を癒したことで、自分の貢献の仕方を見出したつもりだったが、治療がすぐ終わることと、病人の数が少ないために、仕事はもう尽きてしまった。

（こんな時は……友人を頼るとしましょうか）

リンも屋敷の客間を与えられ、衣食住に困っていない。彼女ならば、この暇な時間をどう過ごすのか。

参考にしたいと考え、廊下を跨《また》いで正面にあるリンが滞在している客間を訪れる。呼びかけると、襖を開いて出迎えてくれる。

「こんな朝早くにどうしたの？」

リンは身支度を整えていた。いつもの軽装に加え、背嚢《はいのう》を背負っている。

「どこかへ出かけるのですか？」

「武術の腕が鈍らないように、修行しに行くの。ほら、皇都の外には魔物が生息しているでしょ。よい練習台になると思って……それで、私になにか用事かしら？」

「いえ、聞きたいことは聞けましたから」

「ん？　そうなの？」

リンは怠惰な日常を過ごしているわけではなかった。彼女なりに目標に向かって努力していたのだ。

「なら私は行くわね。夜までには戻るから」

そう言い残して、リンは去ってしまう。急いでいるのは、修行の時間を少しでも長く捻出するためだろう。

(魔物退治ですか……私もお金を稼ぐためにやってみるのは悪くないですね)

魔物を倒せば、報奨金が与えられる。得られた成果にもよるが、冒険者の中には、その金で生活している者がいるほど高額になる場合もある。

アリアは貯金をしているが、裕福とはいえない。金銭的な余裕を生み出すためにも、魔物退治は魅力的に思えた。

(覚悟を決めれば、後は行動あるのみですね)

続くようにアリアは屋敷を後にする。そのまま皇都の出入口である城門へと向かった。

基本的に、皇都はこの城門を通る以外に出入口はない。魔物の脅威から市民を守るために、外周を壁で覆っているからだ。

屋敷から徒歩で数十分、城門にはすぐに辿り着く。門番の男性は、近づいてくるアリアに気づくと、目を大きく見開いた。

(あの驚き方、まさか、この人も私が聖女だと知っているのでしょうか)

噂はどこまで広まっているのかと恥ずかしさを覚えていると、門番は予想外の反応を返してきた。

「今日は変な日だな。まさか若い女性が二人も城門の外に出ようとするなんて……」

「一人目はリン様ですね」

「知り合いか？」

「友人です」

「類は友を呼ぶってことか」

わざわざ危険な魔物の巣窟《そうくつ》に、若い女性が単身で向かおうとするのは、彼の中では命知らずな行為なのだろう。

だがアリアの意思が固いと感じ取ったのか、止める資格もないため門を開けてくれる。

「門限は日が沈むまでだ。過ぎると、皇都には入れないからな」

「肝に銘じておきます」

「それと危険だと判断したらすぐに戻ってこい。それが長生きするコツだ」

「ふふ、あなたは優しいのですね」

「命は尊重する主義でな。それに客に死なれると困るからな」

「お客ですか？」

「通行料は銀貨一枚だ」

「なるほど。無料ではないのですね」

人件費がかかっている以上、通行料は仕方のないことだ。

収納袋から銀貨を取り出し、外壁の外に出る。そこには見晴らしのよい草原が広がっていた。左右には森があり、遠くには雪山もうかがえる。

（冒険の始まりですね）

アリアは手を振る門番に頭を下げて出発する。穏やかな風に髪を靡《なび》かせながら草原を進む足取りは軽い。

城門から離れたアリアは、周囲に誰もいないことを確認する。

（魔物狩りは久しぶりですね）

実はアリアが魔物と戦うのはこれが初めてではない。ハインリヒ公爵に領内の魔物を駆除するようにと戦いを強要されていたからだ。

これは彼が領内の面倒事をアリアに押しつけたいがためであるが、もう一つ、別の狙いもあった。

それは魔物を討伐することで、魔術師の最大魔力量が増加するからだ。より多くの人を治療するためには、それに見合うだけの魔力がいる。だからこそ長時間働かせるために、魔物との無茶な戦いを強いられたのである。

（魔力は衰えていませんね）

アリアの肉体から魔力が湯気のように放たれる。身に纏った魔力は回復魔術のエネルギー源になるだけでなく、肉体を頑丈にし、身体能力を向上させてくれる。

　この膨大な魔力量こそが、アリアの自信の源であった。どんな魔物が相手でも最低限逃げることくらいはできる確信があるからこそ、魔物退治をしようと覚悟したのだ。

（では森へ向かうとしましょうか）

　見晴らしのよい草原に魔物の姿はない。森の中に潜んでいるはずだと信じ、鬱蒼《うっそう》とした森を進む。

　天に向かって伸びる背の高い木々から陽の光が漏れる。虫の鳴き声や草木の揺れる音が耳に届いていた。

（この森にいる魔物は、ランクFのゴブリンが中心だとガイドブックに書いてありましたわね）

　魔物にはランクが割り振られており、FからSまで存在する。Fは最弱のランクであるが、アリアにはブランクがある。油断せずに進もうと決めた時、一匹のゴブリンが茂みから飛び出してきた。

　緑肌の小鬼は王国にもよく出没した。王国のゴブリンより角が長いが、それ以外は特筆すべき違いもない。

（ゴブリン相手なら私が戦っても勝てますが、折角ですからね）

　アリアは収納袋から銀の魔石を取り出す。これは魔物が命を失うと残す、魂の結晶であり、魔物を倒した証明にも利用されている。

魔物は命を落としても、死骸《しがい》を残さず、魔石だけが残る。そのため回復魔術が効かない……わけではない。

魔物の魂の情報は魔石に刻まれているため、アリアの回復魔術で肉体を復元することができるからだ。

アリアは銀の魔石に魔力を注ぎ込む。魔力が肉体を再生し、その姿が生前のものを再現する。生み出されたのは銀の体毛に覆われた虎の魔物だ。シルバータイガー、ランクBの強力な力を持つ種族である。

「ギン様、お久しぶりですね」

アリアはギンと呼ばれたシルバータイガーのモフモフとした体毛に身体を埋める。アリアが蘇生した魔物は召喚獣となり、彼女に絶対服従の忠実な従僕《じゅうぼく》となる。ただ主従関係の縛りがなくとも、ギンもアリアに懐いており、嬉しそうに尻尾を振っていた。

「さぁ、ギン様、お願いします」

「にゃ〜ご」

アリアに命じられ、ギンはゴブリンに飛びかかると、その牙を突き刺した。一撃でゴブリンは絶命し、魔力が魔素となって霧散《むさん》する。

残されたのは緑の魔石だけ。アリアの最大魔力量も僅かに増加したため、ゴブリンを倒したのだと実感する。

アリアは魔石を拾い上げ、ジッと見つめる。ゴブリンを倒した罪悪感がないわけではない。しかしこれで魔物被害に遭《あ》う人が減ったことも事実だ。

（それに私の回復魔術ならいつでも蘇生できますからね）

緑の魔石を収納袋に仕舞うと、ギンに礼を伝えるために、ギュッと抱き着く。モフモフとした感触を感じながら、頑張った召喚獣の頭を撫《な》でてあげると、嬉しそうに甘える声を漏らすのだった。

●●●

アリアは、ギンと出会った日のことを今でも鮮明に覚えている。あれは、五年前のことだ。魔物狩りに勤しんでいた彼女は、森の中でひっそりと暮らす小さな集落に招待される。その集落を訪れるのは二度目だったが、以前とは違い、どこか雰囲気が異様だった。

自然の恵みを感謝しながら慎ましく暮らしていたはずの住民たちの顔に、緊張と恐怖が張り詰めていたのだ。

なにがあったのかと、アリアが問いかけると、集落の長老がゆっくりと語り始めた。

『聖女様、実はシルバータイガーが、人を襲うようになったのです……』

シルバータイガーの名を聞いた瞬間、アリアは驚きを隠せなかった。虎から進化したその魔物は、この集落で長い間、神聖な存在として崇められており、住民たちもお供え物を欠かさずに捧げるなど、敬意を払ってきたからだ。

『今までは決して、シルバータイガーが人を襲うことはありませんでした。むしろ、凶暴な魔物から守ってくれることさえあったほどです』

『その共存してきたはずのシルバータイガーが急に人間を襲ったと？』

『事件が起きたのは先日のことです。森の中で人を襲うシルバータイガーが目撃されたのです。その者は命を落として事情も聞けず、なぜ突然、シルバータイガーが凶暴化したのかも分からず仕舞いで……』

『被害者の家族の方からも事情は聞けませんか？』

森の中でなにをしようとしていたのかが分かれば、原因究明の手がかりになるかもしれない。そう考えたが、長老は首を横に振る。

『実はその被害者は集落の住民ではなかったのです』

『旅人でしょうか？』

『おそらく。だからこそ情報が得られずに、我らも困っているのです』

アリアは依頼内容を理解すると、小さく頷く。

『分かりました、その依頼、引き受けましょう』

『おおっ、本当ですか！　ありがとうございます！』

困っている人を放っておけない性格のアリアだ。依頼を引き受けると、そのまま森の中へと足を踏み入れる。

森は思っていた以上に歩きにくく、密集した木々の間をかき分けながら進むと枝が頬をかすめた。

しばらく進むと、茂みの揺れる音が耳に届く。音の発生源へ向かうと、そこにいたのは幼いシルバータイガーだった。

その姿は愛らしいが、体を低くして、アリアを威嚇している。鋭い目つきからなにかを守っているのだと気づく。

アリアは目を凝らし、傍らに転がる魔石に目を留める。慎重にその魔石に手を伸ばそうとすると、シルバータイガーの子供は低い唸《うな》り声をあげた。

『私はあなたの味方ですから。安心してください』

アリアは優しい微笑みを浮かべる。シルバータイガーは知能の高い魔物だ。アリアが善人だと見抜いたのか、警戒を解いて、嬉しそうに尻尾を振る。

『にゃ～』

『可愛いですね』

アリアは幼いシルバータイガーの頭を撫でる。嬉しそうに喉を鳴らす姿はまるで子猫のようだった。

『にゃにゃ』

『この魔石をくれるのですか？』

『にゃ！』

シルバータイガーの子供が銀色の大粒の魔石を差し出す。その正体に心当たりがあった。

『これは、もしかして、あなたの……』

実物を見るのは初めてだが、文献で姿形は知っていた。シルバータイガーの魔石で間違いない。

アリアは手の中にある魔石をじっと見つめ、ゆっくりと魔力を注ぎ始める。指先から微かな光が漏れ出し、それに呼応するように魔石の中からも強い輝きが放たれていく。

光が収まると、姿を現したのは銀の体毛に覆われた大型の虎の魔物だった。鋭い牙と爪に、巨大な体躯《たいく》。周囲の空気をのみ込むような圧倒的な存在感から目が離せなかった。

『さすがランクBの魔物ですね……未完全な状態でもこれですか……』

魔力不足で、生前の完全な力を顕現できなかったにも関わらず、その圧倒的なまでの威厳に満ちた姿に畏敬の念を抱く。

『毛並みが綺麗な銀色ですし、あなたのことはギン様とお呼びしますね』

『にゃ～ご！』

嬉しそうな声をあげるギンに、アリアは微笑む。召喚獣は主人に絶対服従だ。だが意思はある。主人として、ギンに親子の時間を満喫させてあげたいと、最初の命令を伝える。

『今の私の魔力量では召喚を維持できるのは数分もありません。ただ短い時間ではありますが、ギン様には自由を与えます。どうか、子供と一緒に過ごしてください』

アリアなりの配慮を命令として伝える。するとギンは寂しそうな目を子供に向けると、次の瞬間、大きく体を揺らして、森の奥へと駆け出していった。

『ギン様！』

アリアは驚き、すぐにその後を追う。森を抜け、視界が開けた丘に出ると、そこには武装した野盗の集団が倒れていた。アリアは一瞬立ち止まり、目の前の光景に息をのむ。

『まさか……あなたは集落を守っていたのですか？』

旅人だと思われた被害者も集落を狙う野盗だとすると筋が通る。アリアの問いに対する答えは、ギンの瞳に浮かんでいた。

『立派に戦ったのですね……』

ランクBのシルバータイガーが命を落としたのも、子供や集落を庇《かば》いながら野盗たちを追い払おうとしたからだろう。ハンデを背負いながら最後まで戦ったギンに称賛を送る。

魔力が底を尽き、ギンが光を放って魔石へと戻る。それを拾い上げると、シルバータイガーの子供を連れて、アリアは集落へ戻る。起きた出来事をありのままに長老へ報告すると、彼は頭を下げた。

『聖女様のおかげで集落の皆が怯《おび》えずに済みます。本当に助かりました』

『私はたいしたことはしていませんよ。本当の功労者はシルバータイガーですから』

『その件で、実は聖女様にお願いがあります。そのシルバータイガーの子供を我らに預からせてくれませんか?』

『それはありがたい申し出ですが、構わないのですか?』

生きている魔物を飼うとなると餌代は馬鹿にならず、手間もかかる。それでも世話をする覚悟があるのかと問うと、長老は首を縦に振る。

『この集落はシルバータイガーに助けられてきました。なら今度は我らが汗を流す番です。責任を持って世話をするので、どうかお願いします』

長老の言葉には強い意思が現れていた。彼ならば大切に育ててくれるだろう。子供のシルバータイガーを引き渡して、アリアは長老に背を向ける。

『また遊びに来てもいいですか?』

『聖女様ならいつでも大歓迎です』

アリアの手にはギンの魔石が握られている。いつかまた親子での時間を作ってあげよう。そう決めて彼女は相棒と共に集落を後にする。この時の記憶は五年経っても忘れられないほど、アリアにとって大切な瞬間となったのだった。

●●●

過去の記憶を思い出しながら、アリアは森の散策を進めていく。

（五年前からギン様は強かったですね）

だがその頼りになるギンの姿が傍にはない。単独での狩りをお願いしたからだ。

（そろそろ戻ってくる頃でしょうか）

ギンの知能は人間に引けを取らない。頼まれた仕事は確実に達成するし、約束の時刻までには必ず戻ってくる。

信じていた通り、茂みを掻き分けて、ギンが駆け寄ってくる。仕事をこなしたギンを褒めるために頭を撫でてあげると、嬉しそうに、目を細める。その姿に愛らしさを覚えた。

「魔石も集めてくれたのですね。ありがとうございます」

ギンは口に袋を咥《くわ》えていた。広げると、大量の緑の魔石が露《あら》わになる。そのすべてがゴブリンの魔石だ。

（ゴブリンは集団生活をする種族ですからね）

群れで暮らしているからこそ、巣を発見できれば一網打尽《いちもうだじん》にできる。ギンの嗅覚ならゴブリンの拠点を見つけ出せても不思議ではない。

（なにかご褒美をあげたいですね）

丁度、お昼の時間だ。美味しいものでもご馳走できればと考えたが、ギンを連れて屋敷に戻ることはできない。

どうすべきかと思考に集中していると、遠くから川のせせらぎが聞こえてくる。川辺には水を求めて魔物がやってくるし、魚も捕れる。

このチャンスを活かさない手はないと、ギンと共に音がする方に向かうと、河原が広がっていた。川のほとりでは鹿の魔物が水を飲んでいる。

（ランクＦの魔物ですね……戦闘力はほとんどないはずですが、あのタイプの魔物は逃げ足が速いですし、この距離だとギン様でも逃げられるかもしれませんね）

動物が魔力を帯び、魔物へと進化することがある。標的もそんな進化を遂げた一体だ。外見は普通の鹿と変わらないが、帯びている魔力から魔物だと分かる。

（こっそり近づくのも匂いでバレそうですしね）

肉食獣の匂いに、草食動物は敏感だ。もう少し距離が近づけば、ギンの存在に必ず気づかれてしまう。

（どうすれば……あ、いいことを思いつきました）

「ギン様、少々我慢してくださいね」

ギンへの魔力供給を止めて、一旦、魔石へと戻す。そして銀色の大粒の魔石を勢いよく宙へと放り投げた。

丁度、鹿の魔物の頭上に到達した地点で、改めて遠隔で魔力を流し込む。回復の魔術が発動し、魔石はギンへと姿を変えた。

鹿の頭上から降ってくる奇襲攻撃だ。逃げるにはもう遅い。ギンの牙が鹿の魔物に突き刺さり、肉体は魔素となって霧散した。

「さすがはギン様ですね」

ギンの元へ駆け寄ると、鹿の魔物の魔石を拾い上げる。灰色の小粒の魔石だ。もちろんこのままだと食べることはできないため、回復魔術を利用する。召喚獣としてではなく、素材として復活させるイメージで魔力を注ぎ込んだ。

召喚獣として使役する場合と違い、一度、素材として仕舞うと魔石は消失するが、アリアの求めていた鹿肉と毛皮が手に入る。

肉は完璧に血抜きされたように臭みがない。回復魔術で復活させる時に、素材として完全な状態へと修復したからだ。

「毛皮は街で売るとして、お肉を頂きましょうか」

収納袋からマッチを取り出す。軸木に付いた発火材に摩擦を起こし、枯れている流木を集めて、火を点ける。続けて、調理道具の包丁や鉄串を取り出し、食べやすい形へと調理した鹿肉を突き刺していく。

火で肉をじっくりと焼いていくと、食欲をそそる匂いが鼻腔をくすぐった。回復魔術で蘇生した肉のため、寄生虫もおらず、生で食べることもできるが、彼女はしっかり焼く方が好みだったため、完成を待つ。

「そろそろできましたかね……さぁ、ギン様。一緒に食べましょう」

「にゃ～ご」

ギンの口元に肉の刺さった鉄串を持っていくと、器用に肉だけを頬張る。賢い子だと、改めて実感する。

「次は私の番ですね。少しお行儀が悪いですが……」

アリアもまた串に刺さった鹿肉にかぶりつく。口の中に肉汁が広がり、舌を喜ばせる。

（この味は行儀を気にしている余裕がなくなりますね）

王宮で聖女の仕事をしていた頃は忙しさが原因で軽食がメインだった。だが本来のアリアは食事には拘《こだわ》るタイプだ。食生活の充実に涙が出そうだった。

（改めて生きていると実感できますね）

この味を一度でも経験しては、もう二度と王宮には戻れない。婚約を破棄してくれたハインリヒ公爵に感謝したくなるほどだ。

「こんな時間がいつまでも続けばいいですね」

ギンの頭を撫でながら願う。だが平穏な食事はいつまでも続かない。肉を焼く匂いに釣られて、魔物の大群が向かってきたからだ。

「あれはオークですね」

ゴブリンよりも格上の魔物の登場に、アリアは目を輝かせる。食後の運動に丁度よいと、余裕の笑みさえ浮かべる。

近づいてくるオークの群れは少なく見積もっても十体はいる。緑肌はゴブリンを想起させるが、豚顔の巨体は比較にならないほど大きい。

相手はランクEの怪物だ。ゴブリンのように簡単に倒せる相手ではない。

もちろんギンならば一対一の戦いで後れを取ることはない。しかし相手は複数だ。多勢に無勢という言葉もあるため、行動には慎重さが求められる。

「グギギギギッ」

最も体躯の大きなオークが雄叫びをあげる。群れのリーダーなのか、他のオークを従わせているように見えた。

「勝ち筋が見えましたね、ギン様」

個々が独立して動いている場合と違い、リーダー役がいるなら、頭を潰せば組織は瓦解する。

「ギン様、行きますよ」

アリアの意図を感じ取ったのか、ギンはリーダー役のオークに向かって駆け出す。飛びかかると、首筋に牙を突き立て、一撃で命を奪う。魔素が霧散し、緑の大粒の魔石だけが残される。

リーダーが倒されたことで、手下のオークたちに困惑が生まれる。その隙を逃さず、アリアは落ちている魔石を拾い、魔力を流し込む。

回復魔術でオークを蘇生させ、アリアの従順な召喚獣とする。

これで戦況は2対9だ。まだまだ不利な状況だが、倒した相手を奪うことができるアリアにとって、時間は味方だった。

「ギン様、ガンガン攻めましょう」

「ガオォッ」

オークを一体、また一体と打ち倒していく。数を徐々に減らしていくオークたちは、残り二体となったところで、勝てないと悟ったのか、退却を始める。

「逃がしませんから！」

オークは行商人を襲い、食料を奪うことも多い。このまま逃がしたら、人に害をなすかもしれない。

かならず仕留めると決めて、ギンにその背中を追わせる。ギンの爪がオークの背中に突き刺さり、魔石へと変わる。

（残りは一体ですね）

最後のオークは森の茂みの中へと逃げ込む。見失うと、後を追うのが困難だ。

「ギン様、背中に失礼します」

アリアはギンの背に飛び乗って、オークを追いかける。駿馬《しゅんめ》よりも速い動きのおかげで、すぐに追いつけると安心するが、ギンが森に足を踏み入れたところで、そのスピードを減速させる。

「ギン様、どうかしましたか？」

ギンは牙を剥き出しにして警戒していた。オークに対する反応ではない。強者を恐れるような反応だった。

「ゆっくりと進みましょうか」

ギンと共に足音を殺して茂みを切り分けていく。するとオークの緑肌を発見する。アリアは見つからないように姿を隠しながら遠目で様子をうかがう。

（いったい、あのオークはなにをしているのでしょう）

オークは立ち止まって雄叫びをあげていた。注意深く観察すると、その威嚇《いかく》の矛先は一人の青年――シン皇子に向けられていると気づく。

（でもどうしてシン様が一人でいるのでしょうか？）

魔物狩りでここにいるとは察しがついたが、シンは護衛と共に出かけたはずだ。もしかしたら仲間たちと逸《はぐ》れたのかもしれないと心配になる。

（助けに行くべきでしょうか……）

だが彼の余裕の笑みのおかげで杞憂《きゆう》だと気づかされる。シンは腰から刀を抜いた状態で、上段に構える。肉体から放たれる魔力は実力者のそれであり、幼い頃の未熟な彼とは違っていた。

（シン様は魔術師としても成長したのですね……）

過去からの変化に心臓が高鳴る。彼はもう守られるだけの存在ではない。立派な一人の男性だった。

（領地一の剣士というのも事実でしょうね）

アリアが無理に助けに入る必要もない。シンの実力ならば万が一にも敗北は起こりえないからだ。

彼が上段に構えた刀を振り下ろすと、魔力の刃がオークを袈裟斬《けさぎ》りにした。たった一撃で、オークは膝《ひざ》から崩れ落ち、魔石へと変化する。

汗一つかかずに、オークを倒した弟子の成長に心の中で拍手を送る。

「ふふ、見ましたか、ギン様。あの子を育てた師匠は私なんですよ」

ギンに小さな声で自慢する。主人の喜びは召喚獣にとっても嬉しいのか、尻尾を振ってこたえてくれた。

戦いを盗み見ていたと知られるのは、なんだか気まずいため、こっそりとその場を後にする。

今日のアリアはいつも以上に上機嫌なのだった。

●●●

魔物狩りを終えた頃には、草原に夕日が差しかかっていた。ギンは出番を終えたため、魔石に戻っており、今は一人だ。パートナーが隣にいないことに寂しさを覚えながら城門へ向かうと、そこには長蛇の列ができていた。

（魔物狩りをしていた人だけでなく、行商人や旅人も混ざっていそうですね）

皇都は人の出入りが多い。特に門限ギリギリの時刻になれば、行列ができても不思議ではない。もう少し早く帰ってくるべきだったと後悔していると、列に男たちの集団が割り込んでくる。

「おい、割り込むなよ」

勇気ある男性が声をあげる。それに呼応するように、他の者たちも続く。

（いいですよー、もっと言ってやってください）

アリアも心の中で応援する。だが列に割り込んだ者たちは、その声を鼻で笑う。

「ふん、我らは第七皇子様の家臣だぞ。その我らに歯向かうというのか？」

第七皇子、そのたった一言で非難していた者たちは黙り込む。緊張で喉を鳴らす者までいるほどだ。

「知っての通り、我ら第七皇子様の家臣団は、魔物討伐に大きな貢献をしている。見ろ！　此度の討伐でもオークを三体も討伐した」

その証拠となる魔石を提示すると、感嘆の声が広がる。だがアリアの反応は違った。

（え？　たった三体？）

アリアは今回の討伐で、オークを九体、ゴブリンを二十五体、討伐している。彼らとは比べ物にならないほどの成果だ。

（私がオークをあなたたちの三倍倒したと言えば、列の順番を譲ってくれるのでしょうか……もちろん、そんな非常識な真似はしませんが）

魔物狩りの功績を盾に、列順を奪うようなことはしたくない。酷《ひど》い人たちだと呆れながら、自分の番がやってくるのを待つ。

門番がアリアの顔を覚えていたのか、ほっと息を吐く。

「無事でよかったな」

「ご心配ありがとうございました」

「お友達も無傷だったようだし、最近は女の子の方が強いのかもな」

修行に出ていたリンが無事に戻ってきたと知り安堵《あんど》する。有名な冒険者だとは聞いていたため、無事だとは信じていたが、それでも一抹の不安は感じていたからだ。

「それで魔物は倒せたのか？」

「はい。十分すぎるほどに」

「なら、討伐報酬を受け取らないとな。この先を進んだところにある冒険者組合でもらえるから忘れないようにな」

「ご親切にありがとうございます」

冒険者組合は王国にも存在した。魔物討伐報酬の支払いだけでなく、魔石の買い取りもしてくれる。収入を得るためにも、皇都で暮らすなら欠かせない存在だ。

「本当、礼儀正しいな。あいつらに爪の垢《あか》を煎《せん》じて飲ませてやりたいくらいだ」

「それは私が嫌ですね」

「ははは、だよな。とにかくあいつらには気を付けろよ。第七皇子の家臣どもは、目的のためなら非道も厭《いと》わないクズの集まりだからな」

行列に割り込んでくる時点で人間性には期待していなかったが、聞けば聞くほど、印象が悪化していく。

このまま関わりのない生涯を過ごしたいものだと、切に願う。

「では私は行きますね」

「おう、達者でな」

門番に礼を告げて、アリアは駆け出す。討伐報酬がどれくらいの金額になるかの期待に胸を膨らませながら、門番から教えてもらった通りを進むと、冒険者組合はすぐに見つかった。

周囲よりも一際大きな建物のため迷うこともない。目印代わりに置かれた甲冑《かっちゅう》の置物によって、雰囲気まで演出されていた。

扉を開いて中に入ると、客の姿はない。空いていて幸運だと受付へ向かうと、カウンターに座る女性がニッコリと笑みを浮かべる。

「はじめまして、冒険者組合へようこそ」

受付の女性は黒髪を短く切り揃えている。年はアリアより一回り上だろうが、美貌は加齢によって損なわれておらず、むしろ齢と共に磨かれているかのような美しさだ。

「はじめまして。でもどうして私が初訪問だと分かったのですか？」

「ふふ、こんなに可愛い女の子だもの。一度でも見たことがあれば覚えているわ」

「わ、私が可愛いだなんて、そんな……」

褒められたことは嬉しいが、照れを隠し切れずに頬が赤くなる。

「初心《うぶ》な反応が愛らしいわね～、さっきの第七皇子の家臣たちとは大違いよ」

「彼らも来たのですね」

「横柄な態度で報酬を受け取っていったわ。でも、そのせいで他のお客さんが逃げちゃって……」

「なるほど。だから私以外に人がいなかったのですね」

誰だってトラブルの火種と同じ空間にはいたくない。逃げた人たちの気持ちが理解できた。

「それで、冒険者組合にはどういった用件で？」

「魔物討伐の報酬を受け取りに来ました。ついでに魔石の買い取りもお願いします」

アリアは収納袋から魔石を取り出す。オーク九体、ゴブリン二十五体分の魔石だ。驚きで受付嬢は目を見開く。

「これをすべてあなたが？」

「もちろん」

「見た目は可愛いのに強いのね」

驚愕《きょうがく》しながらも、受付嬢はルーペを手に取り、魔石をチェックしながら、書類に目を通していく。魔石は魂の情報が刻まれているため、個体ごとに異なる形状と魔力を帯びる。そのため過去に討伐された魔物の魔石と一致していないかをチェックし、不正を防いでいるのだ。

「うん、討伐履歴のリストにもないし、あなたが倒したことが証明されたわ。魔石の買い取り金額と合わせて、金貨百枚ね」

「予想以上に高額ですね」

「皇国は働く人にはきちんと報酬を与える国だもの」

「納得しました」

冒険者組合の財源は国家だ。つまり国がどれだけの金を冒険者に還元しようとしているかの意思が報酬に反映される。

事実、王国なら同じ成果を出しても、十分の一以下の報酬しか得られなかった。皇国に移住してよかったと、改めて実感する。

「この成績ならランキングも更新されそうね」

「ランキング?」

「魔物討伐の貢献度を掲示しているの。ほら、これ」

受付嬢の示した先には、ランキング表が壁に張り出されていた。名前と共に所属とポイントが記されている。

「所属は皇子の家臣だった場合に記載するの。もちろん所属なしの人もいるわよ」

所属欄には第七皇子と第八皇子が並び、互いに競い合っている。だがその合間を縫うように、所属欄が空白の者たちもいた。皇子の家臣ではない所属なしの人たちなのだろう。

(私はシン様の師匠ですから、家臣ではありませんよね)

所属欄は空白のままとした。目立つことで、変に迷惑がかかるのを嫌ったためだ。

「次にポイントについて説明するわね。これは倒した魔物のランクに紐《ひも》づいているの。ランクFなら1ポイント、ランクEなら5ポイントと、功績を比較できるようにしているの」

「なら私は70ポイントですね」

オーク九体、ゴブリン二十五体を討伐したのだから、単純計算でそうなるはずだ。

「そのスコアなら、ランキングだと十位になるわね。初回なのに凄いわ……ランキングを更新したいから、名前を聞いてもいいかしら?」

「あの、それって本名でないと駄目でしょうか?」

「別に偽名でもいいわよ。名前なんて、ただの記号だもの」

「なら――アリアンでお願いします」

不用意に目立つと面倒事に巻き込まれる可能性がある。ただ本名から遠すぎると、登録名を忘れてしまうかもしれないし、呼ばれた時に違和感を覚える。

そのため本名を少しだけ変え、アリアンと名乗ることにした。

ランキング表の十位の名前が受付嬢の手により更新された。

「所属は後からいつでも登録できるから。必要になったら申し出てね」

「その時はポイントの扱いはどうなるのですか？」

「今までの分のポイントも所属皇子の功績になるから安心して。今後も期待しているわね、アリアンさん」

「こちらこそ、お世話になりますね」

報酬の金貨を手に入れたアリアは、冒険者組合を後にする。なにを買おうかと思いを馳せる彼女の足取りはいつもより軽かった。

●●●

冒険者組合での用事を終えたアリアは屋敷へと帰ってきた。玄関を抜けた先にある居間に顔を出すと、シンや家臣たちが集まり、喧々諤々《けんけんがくがく》の議論を重ねていた。

「随分と白熱していますね」

「魔物退治の件で厄介事が起きたんだ。よければアリアの助言ももらえないかな?」

「もちろん構いませんよ」

師弟関係だった頃には、よくシンから頼られたものだ。大人になった今でも悪い気はしない。

「魔物退治の功績に応じて、開拓地が与えられる話をしたと思うけど、その競争に第七皇子の陣営も参加していてね。魔物狩りで大きな成果を挙げ始めたんだ」

一定期間内により多くの魔物を討伐した陣営が皇帝から報酬を授かる。だからこそ、ライバルの動向は意識せざるをえない。話の口振りからすると、シンたちが劣勢なのだろう。

「他の皇子は参加していないのですか?」

「興味ないだろうからね」

「開拓地が必要ないと?」

「開拓地だけじゃない。皇帝からの報酬そのものに興味がないのさ。彼らほどの力があるなら、魔物を狩っている時間を領地運営に割いた方が効率的だからね」

皇子はそれぞれ領地を与えられているが、早く生まれた上位の皇子の方が、領土が広くて経済規模も大きい。わざわざ魔物を狩るような泥臭いことをする必要がないのだ。

末子であるシンは最も不利な条件からのスタートだった。その彼がまだ脱落することなく、次期皇帝を目指せているのは、彼自身が有能だからこそだ。

「第七皇子も本来なら参加するつもりはなかったはずなんだけどね。今回の報酬に開拓地だけでなく、副賞で魔道具も与えられると知ってね。やる気を出し始めたのさ」

「それほど貴重な魔道具なのですか？」

「超級に区別される魔道具だそうだ」

「それは喉から手が出るほど欲しくなる品ですね」

魔道具には下級、中級、上級、超級のランクが存在する。下級は庶民でも金で買え、中級は富裕層にしか手が届かない。上級は金以外に権力や人脈も求められ、超級は国宝と呼ぶに相応しく、世界に数えるほどしか存在しない。

（私の収納袋ですら上級の魔道具ですからね）

聖女就任の褒美として国王より与えられた無限にアイテムを保存できる収納袋の利便性は、アリア自身、誰よりも知っている。上級であれほど役に立つのだ。超級の魔道具を欲する気持ちは理解できた。

「風向きは悪いのですよね……」

「第七皇子の陣営は人数が多いからね。その対策として、我々は少数に分かれて魔物討伐を始めたんだけど、それでも相手の方が上だね」

（だから森でのシン様は一人でしたのね）

オークとの戦いでは、彼の周囲に護衛がいなかった。シンならば単独でも戦えるからこそ、家臣たちとは離れて、魔物狩りに勤しんでいたのだ。

（これは力になれるかもしれませんね）

シンにはお世話になっているし、それになにより師匠としての威厳を示すチャンスだ。この機会を逃す手はない。

「よければ私も手伝いましょうか？」

「止めてください」

真っ先にノーを突きつけたのは、カイトだった。口調は丁寧だったが、その言葉はとても冷たい。

「カイト様……ですが……」

「伝わらないなら表現を変えます。あなたがいても邪魔になるだけです」

アリアの申し出に対し、カイトは一考すらせずに否定する。その態度にムッとさせられる。

「私は戦力になりますよ」

「あなたの回復魔術が役に立つことは認めます。だからこそ屋敷に待機していて欲しいのです」

「でも、私は――」

「魔物狩りは危険なのです。群れで襲ってくるゴブリンに、狂暴なオークまでいる。あなたを庇いながら戦うような危険は冒せません。納得してください」

そのゴブリンとオークを倒してきたのだと自慢したい。だがその欲望をグッと抑え込む。どうせ伝えたところで信じてもらえないからだ。

「カイト、少し言いすぎだ」

「しかしシン皇子……」

「私の大切な師匠だぞ。言葉は選んでくれ」

「はい……」

シンに窘《たしな》められ、カイトは肩を落とす。よくぞ言ってくれたと、優しい弟子に感謝しているると、彼は慈愛に満ちた瞳をアリアに向ける。

「ただ本音を言うと、私もカイトとは違う理由で魔物狩りには反対だ」

「私の力が信じられないと？」

「アリアが優秀な魔術師だと、私は十分に知っているさ。ただ君が大切な人だから。万が一にも危険な目に遭って欲しくないんだ」

「でも……いえ、分かりました……」

理由が違っても、彼らはアリアが戦うことを望んでいない。無理に協力して軋轢《あつれき》を生むのも嫌なので、沈黙を貫いた。

「アリア、私は……」

「心配しなくても気持ちは伝わっていますよ」

シンは悪くない。彼はアリアのことを心配しているからこそ、戦いから遠ざけようとしているだけなのだ。

「私はこれで失礼しますね」

居間を後にしたアリアは、廊下をとぼとぼと歩く。すると、偶然にもリンと鉢合わせる。

「魔物退治はどうでしたか？」

「十分な成果が得られたわ。聞いて驚きなさい。なんとゴブリンを五体も倒したのよ。明日はオークを倒してみせるわ」

「リン様は楽しそうですね」

「修行は私の生き甲斐でもあるもの。それに私が成果をあげれば、恩返しにもなるから」

恩を返す相手とはシンのことだろう。家臣ではない彼女が魔物討伐で貢献する方法に心当たりがあった。

「シン様の家臣として登録されたのですね？」

「知っていたのね……でも半分正解。今はまだ未登録なの。秘密裏にポイントを貯《た》めて、最後にまとめて組織に貢献するつもりだから……」

「きっとシン様たちは喜ぶでしょうね」

「素晴らしい作戦でしょ」

所属はいつでも変更可能で、今まで貯めたポイントを付与できる。だからこそ、決着が付くギリギリで救いの手を差し伸べるつもりなのだ。

（リン様の作戦なら私でも貢献できそうですね……）

秘密裏に動けば、カイトたちから反対されることはないし、最終的にはシンの助けにもなる。

（そうと決まれば、明日からも魔物狩りですね！）

やるべきことは決まった。恩返しのために成果を出してみせると、アリアは心の中で意気込むのだった。

●●●

日が昇ると同時に、アリアは布団から起き上がる。身支度を整え、居間に顔を出すが、シンたちの姿はない。

第七皇子と競い合っている彼らは結果を求めているため、アリアが起きるよりも早くに魔物退治に出かけたのだ。彼女も負けてはいられないと、屋敷を後にする。

城門へ向かうと、昨日、お世話になった門番が笑顔で出迎えてくれる。

「今日は昨日よりも早いな」

「大物を狙うつもりですから。時間はいくらあっても足りませんので」

アリアの狙いはオークより上位の魔物だ。

ゴブリンはランクF、オークはランクEに位置しており、一般的にはランクEの魔物は十分に難敵であり、それ以上のランクDを倒せるのは冒険者の中でも上位の者だけ。ポイントを稼ぐなら狙っていくべき標的だった。

「大物か……いずれは、あの怪物を倒せるような冒険者に成長できるといいな」

「怪物？」

「ほら、あれだよ」

門番が雪山の方角を指差す。遠目なので鮮明ではないが、空を飛んでいる魔物がいた。

「あれはランクAの怪物、フロストドラゴンだ。奴らが雪山を支配しているせいで、鉱山の採掘ができないし、商人は山を迂回《うかい》しないといけない。迷惑な奴らさ」

「さすがの私もランクA相手には敵いませんからね」

ギンでさえランクBだ。いつかは倒したい標的だが、今挑むのは無謀でしかない。

「あの怪物を倒せる可能性があるのは、皇国の中でも第一皇子くらいのものだろうな」

「可能性があるんですか？」

「ランクBの魔物を難なく討伐できるそうだからな。いずれはランクAを倒しても不思議じゃない。次期皇帝最有力候補の俺たちの希望の星さ」

第八皇子であるシンの世話になっているアリアとしては複雑な心境だ。

（私が少しでも貢献しないとですね）

可愛い弟子のためだ。ランクAは無理でも、ランクDくらいは倒してあげたい。通行料を支払い、アリアは魔物が巣食う森へとさっそく足を踏み入れる。

護衛と索敵のためにギンを魔石から召喚する。ぬかるんだ地面を踏みしめながら森を進んでいくと、ギンが反応を示した。

「魔物を見つけたんですね」

警戒するような反応ではないため、苦戦するような強敵ではないはずだ。ギンの鼻を頼りに進むと、倒れている男性と、持ち物を漁《あさ》るコボルトを発見する。

コボルトは外見こそゴブリンに似ているが、大きさは手の平に乗るサイズだ。敏捷性《びんしょうせい》が高く、商人の積み荷を奪うことでも知られている。このまま逃がすわけにはいかない。

「この距離ならギン様ならいけますね？」

「にゃ～ご！」

まだコボルトはアリアたちに気づいていない。このチャンスを逃す手はないと、主人の期待に応えるようにギンは茂みから飛び出した。

距離が離れているならともかく、目と鼻の先だ。ギンの前足がコボルトを踏みつけ、その衝撃で命を奪う。魔素が消失し、魔石だけが残された。

「さすがギン様ですね」

手柄を褒めてやるために頭を撫でてあげると、嬉しそうに尻尾を揺らした。頼りになる相棒に感謝しながら、落ちているコボルトの魔石を拾う。

（ゴブリンより薄い緑で、形も小さいですね）

魔石には魔物の特徴が反映される。まるでコボルトの体躯が形になったかのようだった。

（さてと、この男性をどうしましょうか……）

近づいてみるが、男性は息をしていない。手を合わせて、死者を弔《とむら》うと、男性の容姿を確認してみる。

金色の髪と青色の瞳に加え、整った顔立ちからは品性が滲んでいた。服装こそ皇国民と同じだが、顔の特徴は王国民のものだ。

（私と同じように移住してきたのでしょうか……）

故郷から離れた異国の地で命を落とした男を不憫に感じる。致命傷となったのは背中の切り傷だろう。魔物のツメに裂かれたか、剣で斬られたかまでは判別できないが、どちらにしても無残な最期だった。

（死後から日数はさほど経過していないですね……これなら私の回復魔術であれば生き返らせることもできるでしょう……）

だが回復魔術は万能ではない。死者の蘇生には大量の魔力を消費するし、一日に一度しか使えない制約があったからだ。

（馬鹿ですね、私は。悩む理由はないでしょうに）

ここで命を救えなければ間違いなく後悔する。アリアは回復魔術を発動し、背中の傷を癒していく。

人は死ぬと魂を喪失する。傷が塞がると同時に、魂も修復することで、顔色に生気が戻る。心臓の鼓動も動き出し、呼吸も取り戻した。

（これで蘇生は完了ですね）

この場に留まり、蘇らせたのがアリアだと知られるのはトラブルの元になるかもしれない。彼女はギンを連れて、同郷の男から離れた。

この彼との出会いが、アリアの人生に大きな影響を与えるとは、この時の彼女はまだ気づいていなかった。

●●●

魔物を求めて、森を散策するアリアだが、歩くスピードが低下していた。蘇生のために大量の魔力を消費したため、身体強化の効果が低下していることが原因だった。

（助けたことに後悔はありませんが、大きな成果は得られないかもしれませんね）

この日の成績は、コボルトを一体と、道中で倒したゴブリン三体だ。まだオークすら倒せていない。

（せめてランクEの魔物を一体でもいいから倒しておきたいですね）

討伐ポイントを稼ぐためにも強い魔物を発見したい。そう願っていると、空から飛行してくる物体に気が付いた。

（まさか、フロストドラゴン⁉）

ランクAの敵と戦うつもりはない。逃げようと構えるが、接近してきた魔物の正体が鮮明になったことで、その足を止める。

（あれはランクEの魔物、ハーピーですね）

顔は人間の女性に近いが、腕と足には巨大な鳥の爪が生えている。大きな黒い翼を羽ばたかせるハーピーの首には、金のネックレスが吊《つ》り下げられていた。先端には青の魔石が埋め込まれており、人の手で加工されたものだと分かる。

（あのネックレスは人から奪ったものでしょうね。許せません）

ハーピーは人を襲い、貴金属を収集する習性がある。皇国の人たちの平穏な暮らしのためにも、ここで仕留めておきたい。

（ですが、空を飛んでいるのは厄介ですね）

ハーピーはアリアたちの頭上まで近づいてきたが、上空を旋回して、彼女の出方をうかがっている。ギンが威嚇しているため襲うに襲えず、隙を狙っているのだ。

（空だからと油断しているなら、人間を舐めすぎです）

アリアは地面に落ちている石を拾いあげると、魔力を注いで硬度を上げる。その石をハーピーに向かって投擲《とうてき》した。

弾丸に匹敵する速度で放たれた石礫《いしれき》は、ハーピーの翼を撃ち抜く。片翼を失い、墜落を始めたハーピーを追いかけて、ギンが駆ける。

空さえ飛んでいなければ、ハーピーはギンの敵ではない。地面に落ちると同時に、ギンの爪がハーピーに突き刺さり、魔素となって霧散した。

「ギン様との連携が上手く働きましたね」

「にゃ～ご！」

心を通わせているからこそ、ギンはアリアの意図を読み取って、すぐに行動に移すことができる。

ハーピーを倒したギンを褒めてあげてから、黒い魔石と金のネックレスを拾い上げる。

このネックレスは魔物が奪ったものであり、その所有権は倒した人物に移る。そのためアリアが自由にしてよい決まりとなっていた。

（このネックレスの先端に嵌《は》め込まれた魔石から大きな魔力を感じますね。高額な品でしょうし、本当に私がもらってもよいのでしょうか？）

法律では所有権はアリアにある。だがルールとモラルは違う。どこか罪悪感を覚える。

（冒険者組合で相談してみるとしましょう）

一旦、ネックレスを収納袋に仕舞うと、代わりにコボルトの魔石を取り出す。

(空を飛べる戦力はこれからのためにも必要になりますからね)

ギンでは空を飛ぶことができないし、上空からの索敵要員がいれば、魔物探索も効率化できる。

だがハーピー単体だと戦力として心許ない。また人と変わらない体躯のため、索敵中に目立ってしまう問題もある。

(コボルトの魔石を手に入れていたのは僥倖《ぎょうこう》でしたね)

アリアは二つの魔石を近づける。

回復魔術は対象の一部の要素だけを復活させることが可能だ。例えば素材としての特徴のみを修復することで、鹿の魔物肉を手に入れることができたようにだ。

これをさらに応用し、コボルトの小柄な肉体という特徴と、ハーピーの飛行能力の特徴を抽出し、二つの長所を併せもつ魔物を召喚獣とすることもできた。

この回復魔術の応用技をアリアは融合と呼んでいた。

(久しぶりなので緊張しますね)

二種の魔石の特徴を抽出し、黒と緑が混ざり合った一つの魔石へと形を変えていく。生み出された大粒の魔石は神秘的な美しさを放っていた。

「折角ですし、ギン様にも新しい仲間を紹介しますね」

魔力を流し込んで、魔石から召喚獣を呼び出す。手の平サイズの小さな妖精が具現化された。

つぶらな瞳に、蝶《ちょう》のような虹色の羽、可愛らしい少女の顔をした魔物は、ピクシーと呼ばれる種族だ。
「はじめまして、私はアリアです」
《こちらこそはじめまして、マスター。私はピクシー種のシルフと申します》
頭の中に声が響く。声の主は目の前にいるシルフのものだろう。
「人の言葉を話せるのですか⁉」
《私の元になったハーピーの知能が高かったことと、融合する際に、マスターの魔力が混じった影響で念話による会話が可能なようです》
人語を話せる召喚獣はとてもありがたい存在だ。コミュニケーションを取ることができれば、情報伝達も楽になるからだ。
「ではシルフ様とお呼びしますね。さっそく、お願いしたいのですが、周囲にいる魔物を探してきて欲しいのです」
《任せてください》
シルフが空へと舞い上がり、周囲を旋回する。上空からなら森で起きている異変を俯瞰《ふかん》して知ることができる。
《マスター、さっそく魔物を発見しました》
「仕事が早くて助かりますね」

シルフに導かれるままに、アリアはギンと共に森を駆ける。優秀な仲間の参加に、頼り甲斐を覚えるのだった。

●●●

シルフの案内のおかげで、追加でハーピー三体、オークを三体倒したアリアは戦績に満足していた。

これだけの成果を得られたのは、上空から監視することで、空を飛ぶハーピーや巨体のオークを捕捉しやすくなったからである。

このまま順調に進めば、ランクEの魔物を十体以上討伐することも不可能ではない。そんな期待を抱いていると、シルフからの念話が届く。

《マスター、新たな敵を発見しました》

「シルフ様の近くですか？」

魔力を供給しているおかげで、召喚獣の大まかな位置をアリアは把握できる。向かおうとした矢先、シルフが彼女の元へと戻ってきた。

《マスター、標的はこの先にいます。ですが私の能力では、接近するのは危険な魔物と判断しました》

「シルフ様の敏捷性があっても逃げられないほどの強敵ですか」

コボルトの能力値を引き継いでいるため、オークやハーピー相手なら難なく逃げられるはずだ。

シルフはランクEの上位に位置する力がある。それよりも上となると、選択肢は絞られる。この先にいるのはおそらくランクDの魔物だ。

「お役目、ご苦労様です。シルフ様は魔石に戻ってください」

召喚獣は命を落とすと、魔石が消滅してしまうため、二度と呼び出すことができなくなる。折角できた相棒をこんなところで失うリスクは負えないため、一旦、魔石へと戻し、収納袋に仕舞う。

(さぁ、鬼が出るか蛇が出るかですね……)

警戒しながら茂みを掻き分けて進むと、岩場に佇《たたず》む一匹の赤い蜥蜴《とかげ》が目に入る。炎を自由自在に操る魔物、サラマンダーである。

(やはりランクDの魔物でしたか)

サラマンダーはランクE以下の魔物と異なり、肉体に大きな魔力を纏っている。それだけで今までとは比較にならないほど厄介な敵だと分かる。

(ですが、魔力よりも注意すべきは魔術を使える点ですね)

ランクDより上の魔物は例外なく魔術を習得している。魔力を消費して、奇跡を体現する魔術は、相性によっては実力差をも覆すことがある。

（シルフ様を退避させたのは正解でしたね）

シルフは機動力が高い分、耐久力が弱い。広範囲に炎を放たれれば、丸焼きにされていただろう。

「でもギン様なら勝てますよね」

「にゃ～ご！」

頭を撫でてあげると、ギンは自信ありげに咆哮《ほうこう》をあげた。それが開戦の合図となる。

「行きますよ、ギン様」

ギンが駆け出し、アリアは魔力を集め、いつでも回復魔術を発動できる準備を整える。前衛のギンを後衛のアリアがサポートする陣形だ。

これに対し、サラマンダーは口の中に貯めた魔力を炎に変換する。近づいてくるギンにタイミングを合わせて、迎撃するために炎を放つ。広範囲に放たれた炎はギンを包み込むが、ギンは止まらない。

「頑張ってください、ギン様！」

ギンが炎を苦に感じていないのは、アリアが火傷を瞬時に回復魔術で癒しているからだ。これは炎と治療、どちらが優れているかの競い合いでもあった。

（ギン様を守り抜くためにも、私は絶対に負けません！）

アリアの回復魔術の勢いは次第に強くなる。一方、サラマンダーは魔力が切れ始めたのか、炎の勢いが落ちていき、ついには止まる。

「ギン様、今です！」

アリアの合図に反応し、ギンがサラマンダーに飛びかかる。魔力が枯渇したサラマンダーはもう怖くない。爪が突き刺さったことで、魔石だけを残し、魔素となって霧散した。

「やりましたね、ギン様！」

アリアは駆け寄ると、大切な相棒をギュッと抱きしめる。頭を撫でてあげると、甘えるように頬を摺り寄せてくる。こういう反応もまた愛らしいと感じた。

「これでサラマンダーの魔石も手に入りましたね」

大きな収穫が得られたと満足していると、遠くに煙があがっていることに気づく。

「まだサラマンダーが残っているのかもしれませんね」

ランクDの魔物を見過ごすわけにはいかない。アリアはギンと共に、煙の発火元へと向かう。

空へ昇っていく煙を目印に、発火元へ辿り着くと、茂みの先にある岩場で、予想していた通り、サラマンダーが火を吐いていた。その炎が向かう先は、木盾と刀で武装した男たちである。

（あれは屋敷にいた人たちでは……）

サラマンダーと戦っていたのは、アリアと同じ屋敷で暮らす、シンの家臣たちだった。

シン本人の姿はなく、率いているのはカイトだ。鷹のような鋭い目付きで、サラマンダーを見据えており、無愛想な顔が強敵との戦いでいつも以上に険しいものになっていた。

（カイト様にサラマンダーが倒せるのでしょうか？）

彼はシンの副官を務められるほどに人間としての能力は高い。機転も利くし、頭も回る。その証拠に家臣たちが持つ木製の盾は、水で濡らされ、炎で焼かれないように工夫されていた。だが魔術師としての実力はランクDの魔物を楽に倒せるほどに秀でてはいない。彼が苦戦していることは額に浮かんだ汗からも読み取ることができた。

（助けるべきでしょうか……）

秘密作戦の件もあるし、姿を現せば余計なことをするなと怒られてしまうかもしれない。

（それに、勝てる可能性もゼロではないですからね）

カイトの作戦はこうだろう。囮《おとり》役が水で濡らした盾で炎に耐え、受けきれなくなったら別の盾持ちの人物とスイッチする。

こうやってサラマンダーの魔力が尽きるまで耐えるつもりなのだ。

（上手くいけば倒せるでしょうね。でも……）

サラマンダーは知恵がある。炎を放つ間隔を変えることで、盾持ちの交代を邪魔し始めた。

（私からならノーリスクで倒せるのに歯痒《はがゆ》いですね）

アリアはサラマンダーの後方に位置しており、存在に気づかれてもいない。ギンが奇襲をかければ、一撃で倒せるだろう。

正体が露呈《ろてい》するリスクを取るか、それとも静観するか。悩んでいると、とうとうカイトたちの陣形が崩れる。

「私がしんがりを務める！」

カイトが刀を構え、部下に逃げるように命じる。作戦は失敗に終わったのだ。

サラマンダーは、一対一で彼が敵う相手ではない。だが命を賭ける覚悟を決めたのか、一歩も退く素振りをみせなかった。

（あれだけの覚悟を示されては仕方ありませんね）

「ギン様、あなたの出番です」

ギンにサラマンダーを攻撃するように命じると、心の準備ができていたのか、すぐさま茂みから駆け出した。

警戒の外からの奇襲に抵抗できないまま、サラマンダーは爪に刺されて倒れる。命の結晶である魔石へと変化し、それをギンは口でくわえ込んだ。

「カイト様、シルバータイガーです！」

家臣の一人が恐怖混じりの声をあげる。ランクBの魔物の出現に腰が引けている。

「分かっている。だが問題ない」

「カイト様、正気ですか⁉」

「よく見ろ。茂みの向こうからシルバータイガーに魔力の供給線が伸びている」

「あ……」

自然発生した魔物なら起こりえない現象だ。その裏に人がいると気づいたのだ。

「その茂みの向こうにいる人は、魔物を操る魔術を使えるのでしょう。誰かは知りませんが助かりました」

アリアは無言を貫く。どう反応すべきか答えが定まらなかったからだ。

「よければ直接、お礼を伝えさせて頂きたい。もし顔を見せることが難しいなら恩人の名前だけでも教えて欲しい」

(名前だけですか……)

顔を見られれば言い逃れはできない。だが声なら裏声で話せば正体を隠し通せるかもしれない。

「わ、私はアリアンです」

「女性の方でしたか……」

声を変えているおかげか、それとも距離が離れていることが作用したのか、正体に気づかれた様子はない。

「急ぎの用があるので、これで失礼しますね」

長居すれば正体を知られるリスクは上がる。アリアはギンを戻して、この場から立ち去った。

彼女の去った茂みをカイトはジッと見送る。その表情はいつもの不愛想なものではなく、英雄を見送るような、キラキラとした憧れが浮かんでいたのだった。

●●●

それからも魔物狩りを続け、終わった頃には日が沈もうとしていた。また門限ギリギリになってしまったと後悔しながら、門番に挨拶をしてから冒険者組合へと向かう。

閉店ギリギリの遅い時刻に訪れたためか、客の数は少ない。昨日と同じように受付嬢に話しかけると、営業スマイルが返ってくる。

「いらっしゃい、今日も来てくれたのね」

「魔物を討伐してきましたから」

「それは成果を見るのが楽しみね」

アリアは収納袋から討伐した魔物たちの魔石を取り出す。ゴブリン、コボルト、ハーピー、オーク、サラマンダーと多種多様な魔石がカウンターの上に並べられた。

そこにシルフの魔石はない。黒と緑が混ざりあったかのような独特の色をしており、この世のどんな魔石とも合致しないため、アリアの回復魔術が魔物の融合までできることが露呈してしまうからだ。

知られて困るものでもないが、面倒事に繋がらないように、魔術の情報はできるだけ秘匿したい。機密保持料としてシルフの魔石に関する討伐報酬は諦めることにした。

（それでも魔石の数は前回より多いですし、報酬には期待できそうですね）

受付嬢は魔石をルーペで一つ一つチェックしていく。冷静な顔で確認作業を進める彼女は、サラマンダーの魔石を資料と照合して、顔色を変えた。

「あなた、ランクDの魔物を倒したの？」

「苦戦しましたが、なんとか……」

「へぇ～、本当に優秀なのね。サラマンダーを倒せる冒険者は皇都にも数えるほどしかいないのよ」

第七皇子の家臣たちがオーク討伐を自慢げに語っていた時点で予想していたことではあったが、専門家である冒険者組合のお墨付きを得られたことで、予想は確信に変わる。

（たいていの相手なら負けることはないと知れたのは朗報ですね。もっとも強者の中には冒険者組合から討伐報酬を受け取っていない人もいるでしょうから、油断はできませんが……）

例えば第一王子はポイントのランキングに掲載されていないが、伝え聞く話から推測するにアリアより実力は上だ。思い上がってはいけないと、自分の心を諫《いさ》めた。

「サラマンダーを倒しましたし、ポイントも大きく増えるのですか？」

「昨日のポイントと合算すると、３５０ポイントね。おめでとう、ランキング五位よ」

壁に貼られたランキング表が更新される。彼女より上位は四名。この調子で一位まで駆け上がりたいと願う。

「次にお金だけど、魔石は買い取りでいいの？」

「サラマンダーの魔石だけは残してください。他は買い取りで」

「分かったわ。なら討伐報酬と合わせて、金貨四百枚ね」

前回の報酬と合わせると金貨五百枚となり、当分、暮らすのには困らなくなった。

「お金持ちになったことだし、買い物の予定はあるの？」

「いえ、私はあまり物欲がなくて……」

「ならお洒落《しやれ》な服や装飾品はどう？　きっと今以上に可愛くなるわよ」

「お洒落にもあんまり興味がないんですよ」

これはアリアが異性との恋愛に興味がないことが大きな要因だった。それよりはむしろ美味しいものを食べたい欲の方が強かった。花より団子を求める性分なのである。

「あ、お洒落といえば思い出しました。落とし物を預かって欲しいのです」

アリアは収納袋から金のネックレスを取り出す。ハーピーから回収したもので、先端には青の魔石が埋め込まれていた。

「ハーピーを倒した時に回収したものです。探している人がいないか、冒険者組合で調べて欲しいのです」

「それは構わないけど、魔物から回収したのなら、アイテムの所有権はあなたにあるのよ。本当にいいの？」

「貴重な品でしょうし、私にも良心がありますから」

罪悪感を覚えてまで欲しいとは思わない。もし本来の所有者がいるなら返してあげたかった。

「いい人なのね。だからこそ私も贔屓《ひいき》したくなるわ……とっておきの情報よ。第七皇子の家臣たちがあなたを探していたわ」

蚊の鳴くような小さな声で忠告してくれる。アリアも合わせるように声を静める。

「なぜ私を？」

「昨日の時点で、ランキングで十位に入ったでしょ。だから、あなたを家臣に迎えたいそうなの。そうすれば、労せずに所属の皇子の功績にできるでしょ」

「そういうことですか……」

アリアは最終的にシンへの恩返しを兼ねて、ポイントを捧げるつもりでいた。そのため敵対している第七皇子に仕えるつもりは、これっぽっちもなかった。

「忠告ありがとうございます」

「注意して帰ってね」

「はい、また来ます」

冒険者組合での用事を終えたアリアは、周囲を警戒しながら、店の外に出る。そのまま人の多い目抜き通りを進み、人混みに紛れていく。

（尾行の気配は感じませんが、用心は大切ですからね）

人の流れを縫うように進んでから路地裏へと隠れる。尾行を撒《ま》くような歩き方をしたため、後を付けられてはいないと思う。だが念には念を入れることにする。

（この機会に、シルフ様を強化しておきましょう）

サラマンダーの魔石を売らずに残しておいたのには理由がある。収納袋からシルフの魔石とサラマンダーの魔石を取り出し、手の平に並べる。

（シルフ様は攻撃能力が低いのが課題でしたからね）

その弱点を補うためのサラマンダーの魔石だ。炎の魔術のみを抽出し、シルフの魔石と融合させる。

すると赤と緑と黒が交じり合った魔石へと変化した。すぐさま、アリアはシルフを召喚するが、外見上の変化はない。だが主人であるアリアは、シルフが炎の魔術の取得に成功したと感じとれていた。

《この力があれば、もっとマスターの役に立てます》

「頼もしいですね。ではさっそくですが、空から怪しい人がいないか探ってもらえませんか？」

《任されました》

シルフの手の平サイズなら、地上からでは小鳥にしか見えない。魔物の出現にパニックになることもないので、周囲の索敵には適任だ。

（それに炎の魔術を使えるなら、並の相手に負けることもありませんからね）
サラマンダーの炎魔術を取得したのだ。仮に索敵中に第七皇子の家臣に襲われても、逃げ切れるだけの力はあるはずだ。
《マスター、こちらに人はいません。安全な道です》
シルフが上空から先導してくれる。これ以上面倒に巻き込まれるのは御免だと、一早く屋敷に帰るために、アリアは駆け足になるのだった。

●●●

アリアが屋敷に戻る頃には夜の帳が下りていた。人のいない道を通ったため、遠回りになってしまったからだ。

屋敷の居間に顔を出すと、シンと、その家臣たちが清酒片手に宴会をしていた。昨日のような暗い雰囲気はない。魔物狩りで大きな成果を挙げたのだろう。

「盛り上がっていますね」

「アリア、おかえりなさい」

酒でほんのり顔を赤くしたシンが、アリアの帰宅を出迎えてくれる。端正な顔立ちのせいで、酔った姿まで絵になっていた。

「魔物狩りの祝勝会ですか？」

「私が高ランクの魔物を討伐したから、皆が祝ってくれているんだ」

「それは凄いですね」

やはりシンの実力は皇国でも抜きん出ていると改めて実感する。

「でもこの盛り上がりは別件でね。ふふ、アリアもきっと驚くよ」

「シン皇子、余計なことを言わないでください！」

カイトが声を張りあげて、シンの発言を制止する。いつも冷静な彼らしくなかった。

「まぁいいじゃないか。めでたいことなんだから」

「だからそれはシン皇子の誤解だと……」

「誤解なら話しても問題ないだろ？」

「それはそうですが……」

カイトは嫌だと言いつつも、頬を赤くして、口元には笑みまで浮かんでいる。こんな上機嫌な彼は見たことがない。

アリアの中でカイトに対する印象が変化する。普段からムスッとした顔を止めて、笑いさえすれば、もっと魅力的になれるのにと残念に思えるほどだ。

「実はね、カイトに好きな人ができたんだ」

「カイト様にですか!?」

「アリアも気になるかい？」

「もちろんです！」

自分の恋に興味はなくとも、他人の恋は別だ。特に女性に興味のなさそうなカイトの恋だ。気にならないはずがない。

「シン皇子は誤解しています。私は恋をしているわけではありません。ただ感謝しているだけです」

「素直じゃないな。長い付き合いだし、カイトの気持ちくらい察している。私の前で取り繕わなくてもいいんだぞ」

「……まぁ……好意を持っていないと言えば嘘にはなりますが……」

カイトは恥ずかしさによる頬の赤みを誤魔化すために清酒をグッと飲み込む。彼の口が軽くなっているのも酔いのおかげだろう。

「カイト様の好きな人はどんな女性なのですか？」

「顔は分かりません。ただ冒険者組合の人に聞いたところ、年は二十歳前後で、目を惹《ひ》くような美人とのことでした。ただ詳しい情報は教えてもらえず……」

「組合は公正中立を謳《うた》っていますからね」

当たり障りのないことならともかく、個人を特定できるレベルの情報は教えない。皇子の家臣とはいえ贔屓をしないところに、冒険者組合としての立場が感じられた。

「でも容姿について訊《たず》ねたのですから、名前は知っているんですよね？」

「はい、アリアンさんという方です」

一瞬、頭の中が真っ白になる。彼が好意を抱いた相手の名は、アリアが冒険者として登録した名前だったからだ。

（え、私が好き⁉　どうして⁉）

事態が飲み込めずにパニックになっていると、カイトはうっとりとした眼で話を続ける。

「アリアンさんは使役している魔物で私を助けてくれました。サラマンダーのような強敵を相手に、命を賭けてくれたんです。そんな彼女に私は憧れました」

「そ、そうですか……」

アリアは引き攣《つ》った笑みを浮かべることしかできない。楽しかったはずの他人の恋の話が、当事者だったと知ってしまったからだ。

「アリアンさんはランキングだと、無所属でしたし、ソロで活動しているのでしょう。なのに、十位に選ばれるほどの成果を挙げていた。優秀な人なのは疑う余地がないでしょうね」

「あ、あの、そんなに期待しすぎない方が……」

アリアンの正体が露呈した時、落胆されたくない。ハードルを上げていいことはなにもないのだ。

「聖女様はアリアンさんとお知り合いなのですか？」

「いえ、知り合いではありませんが……」

「ふ、嫉妬《しっと》は醜《みにく》いですよ」

カイトは変に誤解したのか、鼻で笑う。

「嫉妬なんてしていません」

「聖女様の気持ちは分かります。同年代の女性の活躍は羨ましいでしょうから」

あまりに的外れな意見に、二の句を継げなくなる。だが事情を知らずに、状況証拠だけならそういう誤解をされてもおかしくはない。

（アリアンは私のことだと名乗れば問題は解決でしょうが……）

それでは折角の秘密裏に貢献作戦が無駄になる。カイトの誤解を解くこと諦めて、シンたちの話に黙って耳を傾ける。

「カイトがここまで人を褒めるなんて、珍しいことがあるものだね」

「私の憧れの人ですから。それにシルバータイガーを使役していましたし、冒険者としても実力者のはずです――そうだ、シン皇子。アリアンさんに我らの陣営に加わってもらうのはいかがでしょうか？」

皇子同士の争いは優秀な家臣をどれだけ召し抱えているかで決まる。ランキング十位のアリアンを欲するのも当然の流れだ。

しかしシンは首を横に振る。

「駄目だ。私たちの都合で一方的に利用するのはよろしくない」

「シン皇子……」

「それに、将来、カイトの奥さんになるかもしれない人だ。こんなことで嫌われるのは御免だからな」

シンはどこまでも真っ直ぐな男だ。こういう人だからこそ付いていくと決めたのだと思い出したのか、カイトは納得の笑みを浮かべる。

「ただどんな人かは興味があるね……名前はアリアンで、女性か……あれ？」

シンの視線がアリアに釘《くぎ》付けになる。

（まさか私がアリアンだと気づいたのでしょうか？）

目を逸らして、疑いを避けようとする。カイトもシンの疑念に気づいたのか、否定するように口を挟む。

「シン皇子、忘れたのですか。魔術は一人一つだけ。聖女様は回復魔術の使い手です。魔物を操る魔術ではありませんよ」

「それはそうだが……女性で実力者、しかも急に現れたんだ……あまりにもタイミングがよすぎないか？」

疑念は晴れないのか視線が鋭くなる。もう駄目かと諦めかけた時、居間の扉が開かれる。背嚢を背負ったリンが魔物狩りから帰宅したのだ。

「帰ってきたわよ。あれ、随分と盛り上がっているわね」

「まさか……リンさんが……」

「私がどうかしたの？」

「い、いえ……」

カイトは頬を赤らめて、リンから視線を逸らす。誤解はさらに拗《こじ》れながら、宴会は盛り上がっていくのだった。

幕間　～『フローラの本音』～

フローラは、ローランティア王国で最も栄えている繁華街へと足を運ぶ。石畳の通りには多くの商人と客が行き交い、豪華な馬車やドレスを身に纏った優雅な姿があちこちに見られる。

街は活気に満ちていたが、その一方でフローラの気分は晴れなかった。

それはハインリヒ公爵が『王宮で聖女の務めを果たせ』とうるさいからだ。彼女は眉をしかめ、溜息を吐く。

フローラには働く気などこれっぽっちもない。そもそもハインリヒ公爵と結ばれたのも、公爵夫人として贅沢に暮らせると思ったからこそだ。

「私は公爵夫人よ。お姉様のようにこき使われるのは、まっぴら御免だわ」

誰にともなく呟きながら、フローラの足は自然と宝石店の前で止まっていた。店内はきらびやかな宝石で溢れており、目を惹くような美しいアクセサリーが飾られていた。

「素敵な宝石ですわね」

フローラは一際大きな輝きを放つサファイアのネックレスを手に取る。彼女が気に入ったのは、一目で高価だと分かること。デザインよりも、それを身に着けることで周囲を圧倒できるかどうかを、フローラは重要視していた。

「いつもご利用ありがとうございます。とても、お似合いですわ、フローラ様」

女性店員が駆け寄ってくると、恭しく頭を下げる。

「こちらのサファイアはとても珍しい品で、色も輝きも最高級品なんですよ」

「これさえあれば、きっと皆が私の美しさに平伏しますわね」

「え、ええ。きっとそうなると思います」

女性店員は苦笑いを浮かべながらも同意する。気まずい空気が流れる中、彼女は思い出したように話を切り出す。

「そういえば、アリア様はお元気でしょうか？」

「……お姉様のことがどうして気になりますの？」

「実は以前、祖母の病気を治療してもらったんです。本当に凄いお方で、今でも感謝しているのですが、最近、話を聞かなくなりましたから。街のあちこちで心配の声があがっているんです」

女性店員の言葉に悪意はなかった。だがフローラの心に、優秀な姉と比較されていた頃の嫌な記憶が蘇ってくる。

「お姉様は役立たずで、王宮を追放されましたの」

「あのアリア様がですか⁉」

「でも安心なさい。この国には私がいますわ。より優秀な私に治療してもらえるのだから、王国民は幸せですわね」

「そうですか……私としてはアリア様にも王宮に留まって欲しかったですが……」

「はぁ!?」

まるでアリアの方がよかったとでも言わんばかりの言葉にフローラは怒り、店員に向かってネックレスを投げつける。ケースにぶつかり、派手な音を立てると、周囲の注目がフローラに集まった。

「フローラ様、落ち着いてください！」

「私を怒らせたあなたが悪いんですのよ！　不快ですし、帰りますわ！」

背を向けるフローラ。だが女性店員は呼び止める。

「あの、投げたネックレスが破損しているようでして……」

「――ッ……弁償すればいいんですわね！　公爵家に請求しておいてくださいまし！」

「あ、あの、そう言って、先月の料金も未納で……」

「なら迷惑料として、あなたが払っておいてくださいな」

「さすがにそれは……」

「私を怒らせた罪を、弁償するだけで許すのですから。感謝してくださいまし」

フローラは冷笑を浮かべながら、勢いよく店を飛び出す。外に出ると、街の喧騒が彼女を包み込んでいくが、心は苛立《いらだ》ちでいっぱいだった。

どうしてアリアばかりが称賛されるのか。王宮から追放し、ようやく幻想を振り払えたと思ったのに、フローラの心には重苦しい感情が押し寄せていた。

フローラは劣等感を振り払うかのように、街の喧騒の中へと足を進める。その足取りはなにかから逃げるように早かった。

幕間　～『真実の愛に目覚めたハインリヒ公爵』～

ハインリヒ公爵は王宮の大理石の床に頭を擦りつけ、土下座をしていた。その先には椅子に腰掛けるフローラがいる。彼女はふてぶてしい態度で、足を組んでいた。

「頼む、フローラ。私を助けてくれ」

ハインリヒ公爵は窮地に追いやられていた。アリアを王宮から追放し、フローラを次の聖女として首を挿《す》げ替えたが、その彼女が働こうとしないからだ。

苦情はすべてハインリヒ公爵の元へと集まり、評判の低下に繋がっていた。王国の上層部では爵位降格の話が進んでおり、このままでは彼は破滅してしまう。

（フローラが働いてさえくれれば、私は再起できるのだ）

アリアと違い、フローラには華がある。聖女の務めさえ果たしてくれれば、アリアを追放したのは間違っていなかったと皆が認めるはずなのだ。

しかしハインリヒ公爵の必死の説得も、フローラの心に響くことはなかった。

「頼む、この通りだ」

「嫌ですわ。私はもう二度とあんな重労働をしたくありませんの」

「だ、だが、このままではフローラの立場も……」

「私はこの国唯一の聖女ですわ。誰が私を害すると？」

「うぐっ……」

アリアがいた頃とは違う。もう聖女の代わりはいないのだ。

二番手がいないからこそ、フローラは強気な立場に出ることができていた。彼が無理強いできない理由もそこにある。

(私はどうすればいいのだ……)

強制的に働かせることもできないし、このまま遊ばせておくこともできない。八方塞がりの状況に頭を抱えたくなる。

(仕方ない。長期的な問題解決は後回しだ。まずは急場を凌《しの》がねば……)

爵位降格を主導しているのは、彼の上役である大臣だ。大臣さえ味方につければ、時間的な猶予はできる。

「フローラ、なら一人だけ治療して欲しい。それで私は納得する」

「本当に一人ですの？」

「約束する。私を愛しているのなら、力を貸して欲しい」

「……仕方ありませんわね」

フローラは渋々ながらも首を縦に振る。心の中でガッツポーズをした後、彼女を連れて、大臣の待つ執務室へと向かう。

「失礼します」

ノックをしてから扉を開くと、机に座る大臣の眉間に皺《しわ》が寄る。だが後ろのフローラの姿を認めると、先ほどまでの表情が嘘かのように破顔した。

「ようこそ、いらっしゃいました。フローラ様！」

大臣の歓待に、ハインリヒ公爵は改めて聖女の価値を実感する。

（どうやら、今まで聖女を安売りしすぎていたことが間違いだったようだな）

人は必ず病気や怪我をする。フローラの治療を受けたければ、その夫を厚遇しなければならないと知れば、自然と彼の元に富と権力は集まってくる。

（やはり私にアリアはいらない。フローラさえいれば十分なのだ）

「それで私は誰を治せばいいんですの？」

「聖女様はどんな病も癒せるとお聞きしました。私の肺の病の治療を、どうかお願いしたいのです」

（肺の病なら、以前、アリアが治療していた。問題なく解決できそうで一安心だな）

想定以上の難病で、回復魔術でも治療できないなら困ったことになっていた。彼はふぅと息を吐くが、フローラは気まずそうに頬を掻いた。

「私には治療できませんわ」

「フローラ、我儘は止めてくれ。治してくれると約束したではないか」

「我儘ではなく、私では治せませんの」

「嘘を吐くな。アリアは治せていたぞ」

「お姉様の魔力量は飛びぬけていましたもの。傷と違い、病気の治療は魔力の消費量が多くなりますの。だから私の魔力量では治療できませんわ」

絶望の言葉が紡がれる。崩れ落ちそうな膝をグッと我慢するが、目尻には小さな涙が浮かんでしまう。一方、フローラはいつもと変わらない天真爛漫な態度で背を向ける。

「私は頑張りましたし、街に遊びに行きますわね。後はよろしくですわ」

フローラは執務室を去る。静寂が戻った部屋にはハインリヒ公爵と大臣の二人だけ。先ほどまで笑顔だった大臣の表情は見る見るうちに険しくなっていく。

「これはどういうことだ？」

「あの、これは、想定外の事態で……」

大臣は言い訳を聞く価値すらないと判断したのか、傍にあった杖《つえ》を掴《つか》むと、ハインリヒ公爵の頭に叩《たた》きつけた。

「だ、大臣、暴力は止めてください」

「うるさい、この馬鹿者が！　止めて欲しければ、アリア様を連れ戻して来い！」

「どこに行ったか分かりませんので」

「ぐっ……この無能がっ！」

怒りを発散するために、大臣は杖を何度も振り下ろす。ハインリヒ公爵の額から血が流れたところで、彼の手は止まった。

「私が間違っていた。爵位降格では生温い。処刑する方が王国にとっての利益になる」

「それはどうか考え直しを！」

「ならせめてフローラ様をやる気にさせてみろ！」

「わ、分かりました！　チャンスを頂ければ私は結果を出します！」

大臣の目は本気だ。このまま進めば、ハインリヒ公爵の命は断頭台の露と消えるだろう。

「本当に結果を出せるのか？」

「私はフローラの婚約者です。打てる手はあります」

「……なら最後のチャンスをやる。ただし次はないと思え」

「ご安心を。私は鬼になる覚悟を決めましたから」

追い詰められたハインリヒ公爵の瞳が狂気に染まる。彼は処刑を回避するため、フローラを地獄へ突き落とす決心をするのだった。

●●●

鬼になると決意したハインリヒ公爵は、フローラをデートへと誘った。紺色のドレスで着飾った彼女は美しく、その明るい笑みも陽光に照らされて眩《まぶ》しいほどに輝いていた。

「公爵様がデートに誘ってくれるなんて久しぶりですわね」

「トラブル続きだったからな」

ハインリヒ公爵はフローラと手を繋ぐ。傷一つない白い手はアリアの苦労が滲んだものとは違う。人生で幸せだけを享受してきた貴族令嬢のものだった。

「これからどこに行きますの？」

「王宮騎士の訓練場を見学に行こうと思ってな」

王宮騎士とは国王に仕える騎士団であり、厳しい修練を積んでいる。その訓練場は王宮から歩いてすぐの場所にある。

二人が訓練場に顔を出すと、若い男たちが剣で斬り合い、火花を散らしていた。

「皆さん強そうですわね」

「魔物狩りで魔力を底上げしているそうだからな」

王宮騎士は魔物討伐を繰り返すことで、魔力最大量を増やしていく。命賭けの戦いを経験するからこそ、兵士として一流に成長していくのだ。

「この近くにも魔物が出没するダンジョンがあってな。これからフローラを案内するのもそこだ」

「魔物がいるような場所に行くのは危険ですわ！」

「大丈夫だ。ダンジョンへ続く洞窟は扉で封印されているからな。周辺は魔力のおかげで神秘的な美しさを放っている。私たちは安全圏でそれを鑑賞するだけだ」

「それなら……」

　フローラは案内されるがまま、ダンジョンの洞窟前までやってくる。人の姿はなく、周囲は深緑色の苔《こけ》が蛍のように魔力で輝いていた。

「美しいですわね」

「ふふ、そうだろうとも」

　フローラはロマンティックな光景に目を奪われながら、ハインリヒ公爵の手をギュッと強く握る。

「最近は公爵様と喧嘩ばかりしていましたが、愛しているのは嘘ではありませんから……」

「知っているさ。なにせ私は婚約者だからな」

「公爵様……ふふ、大好きですわ」

　媚びるようにフローラは頬を擦り寄らせる。だが彼女は気づかない。ハインリヒ公爵の瞳に狂気が浮かんでいることに。

「……フローラ、王宮で聖女の責務を果たすのはどうしても嫌か？」

「公爵様の頼みでも、それだけは嫌ですわ」

「そうか……なら私は幸せになるために鬼になる覚悟を決めないとな」

ハインリヒ公爵はフローラの手を引いて、洞窟へと向かう。突然の態度の急変に、フローラは頭が追い付いていない。

「公爵様、いったいどこへ？」

「ここだよ」

ハインリヒは扉の傍に設置された魔石に魔力を流す。人間の魔力にだけ反応する特別な魔道具だ。ガチャリと音が鳴り、洞窟へと繋がる扉の鍵が外された。

「悲しいよ、フローラ。これで当分の間、お別れか……」

「公爵……様？」

「さよならだ」

フローラから手を離して、背中を勢いよく押す。彼は彼女を扉の向こう側へと押し込めた。急に背中を押されたフローラは地面に倒れる。その姿を見届けたハインリヒ公爵は、扉を閉じてから鍵をかけた。

「あ、あの、公爵様！」

扉の向こうから微かに声が届く。洞窟内で反響し、声量が大きくなっているからだろう。

「私はまだ中にいますわ。出してくださいまし！」

「これはな、フローラ。二人が幸せになるための試練なんだ」

「え？」

「君は優秀な女性だ。愛想もいいし、美人だし、アリアになんて負けないくらい素敵な人なんだ。だからこそ唯一の欠点である魔力不足を解消できれば、アリア以上に聖女として活躍することができる」

ハインリヒ公爵がこの状況で魔力の不足について話す意図を、フローラは理解できなかった。正確には、ぼんやりと気づいてはいたが、脳が理解を拒絶していた。

「あ、あの、私、やっぱり聖女としての務めを頑張りますわ。だから……」

「うん。だからこそフローラ、これからダンジョンで魔物を討伐して暮らしてくれ。な～に、安心してくれ。一か月後には迎えに来る。魔力が増え、本物の聖女になった君をな」

ハインリヒ公爵はアリアに魔物狩りをさせていた日のことを思い出す。彼女もまた最初は泣いて拒否したが、最終的には聖女として逞《たくま》しい女性へと成長した。

「これは愛の鞭《むち》なのだ。分かって欲しい」

「じょ、冗談ですわよね。食事も寝床もないのに、生きていけるはずがありませんわ」

「寝床なんて野宿すればいい。食事は魔物を狩ればいいだろ」

「本気で言ってますの？」

「私は冗談が嫌いなのでな」

ハインリヒ公爵の言葉に、フローラは嗚咽《おえつ》をあげながら、扉を叩く。

「うわああああっ、鬼！　悪魔！　ここから出してくださいまし！」

「頑張れ、フローラ。私は応援しているぞ」

フローラを地獄へ叩き落とした張本人でありながら、ハインリヒ公爵はどこか他人事だ。それどころか自分を被害者のようにさえ感じていた。

（私は悲しき男だ。愛する人をこんな形で試練に送らねばならぬとは……）

握りしめた拳を扉に叩きつける。その手はフローラに会えなくなる悲しみで震えていた。

「必ず、一か月後に迎えに来る。だからそれまで頑張るんだ！」

「絶対に無理ですわ！」

「それでも耐えてくれ」

「……ぅ――こ、この、馬鹿公爵、早く扉を開けるのですわ！」

百年の恋さえ冷めるような仕打ちを受け、フローラの口調からハインリヒ公爵に対する敬意が消える。

プライドの高い彼がそれを許容できるはずもなかった。

「貴様如《ごと》きが私を馬鹿にするつもりか⁉」

怒鳴り声を浴びせると、フローラは黙り込む。しかし間を置いてから、彼女の反撃が始まった。

「馬鹿にもしますわ。だって本当に馬鹿ですもの。使用人たちも『無能のハインリヒ』と陰口を叩いていましたのよ。素敵な渾名《あだな》ですわね。私なら恥ずかしくて自殺しますわ」

「うぐっ……」

「馬鹿なあなたなら利用して贅沢ができると近づきましたが、ここまでの愚か者だとは思いませんでしたわ」

「つまり私を騙したのか？　愛の囁《ささや》きも嘘だったのか？」

「当然ですわ。あなたのような無能な公爵に心から惚《ほ》れる人がいると思いますの？」

「――――ッ」

ハインリヒ公爵の怒りが頂点に達する。扉を開いて、フローラを殴りつけたい欲に駆られるが、これこそが彼女の狙いなのだと気づいた。

「浅はかな考えだったな。私は扉を開けない」

「いいんですの？　私は聖女ですのよ？」

聖女を失えば、ハインリヒ公爵も立場を失う。フローラの脅しに、彼は喉を鳴らして笑う。

「ククク、忘れたか。聖女はもう一人いる。私は騙されていた被害者として、アリアとの関係を再構築するよ」

大臣もフローラが死ねば、アリアを連れ戻そうとするはずだ。その務めに立候補すれば、役目を果たすまで処刑されることもない。

「じゃあな、フローラ。魔物と一緒に達者で暮らせよ」

「許さないから！　絶対に復讐《ふくしゅう》してやりますわ！」

呪詛《じゅそ》の叫び声が背中から聞こえてくる。

「お母様！　お父様！　誰でもいいから助けて！　私をここから出して！　お姉様あああっ！」

フローラが最後に縋ったのは宿敵の姉だった。だがその声はアリアに届かない。ハインリヒ公爵の足も止まることはなかった。

「本当に私は可哀そうな男だ。クズ女に騙され、真の愛を失ってしまったのだからな」

思い返せば、アリアは暗い性格をしていたが、容姿は整っていたし、安い給料で長時間の労働にも耐えてくれる理想の婚約者だった。

（ククク、私が騙されていただけだと知れば、アリアはきっとよりを戻したいと願うはずだ。私がアリアを愛してやりさえすれば、すべてが万事上手くいくのだ）

ハインリヒ公爵の頭の中からフローラの顔が消えていく。もう彼女に興味はない。アリアとの復縁を果たすため、彼は笑みを零すのだった。

●●●

フローラをダンジョンに閉じ込めてから数日が経過した。悩みの種がいなくなったハインリヒ公爵は晴れやかな気持ちで王宮の廊下を歩いていた。

（恐れるものはなにもない。大臣でさえも敵ではないのだ）

大臣の執務室まで辿り着いたハインリヒ公爵が、扉をノックして到着を知らせると、部屋の中から、「入れ」との許可が返ってきた。

「失礼します、大臣」

「……用件は分かっているな？」

「フローラを働かせる件ですね？」

王国にとって聖女は欠かせない存在だ。自国だけでなく、他国との外交カードとしても利用できるほど、人を癒す力には価値がある。

その務めが滞っている現状に大臣が眉間に皺を寄せるのも当然だった。

「それで、フローラ様は務めを果たしてくれるのか？」

「無理ですね」

「なんだとっ！」

ハインリヒ公爵の開き直ったかのような回答に大臣は驚く。失敗が処刑に繋がると知っていながら、ふてぶてしい態度を取る彼を理解できなかったからだ。

「処刑を受け入れる覚悟ができたのか？」

「まさか。私は百歳まで長生きするつもりですから……無理だと伝えたのは、私がフローラを働かせることに失敗したのではなく、あの女が王宮から失踪《しっそう》したからですよ」

「なにっ！」

大臣は声を張りあげるが、すぐにいつもの冷静さを取り戻す。怒鳴っても問題は解決しないと知っているからだ。

「診療所にも姿を現していないと聞いてはいたが……まさか失踪とは……本当にどこにもいないのか？」

「王宮を隅々まで調べましたが、霧のように消えていなくなりました。きっと過酷な聖女の務めに耐えられなくなったのでしょう」

大臣は頭を抱えながら溜息を吐く。アリアに続き、フローラまで王国を去ってしまった。外交的な立場を維持するためのカードを失っただけでなく、王国の要人が怪我を負った時、治療する手段を失ってしまったのだ。

「この事態をどうするつもりだ？」

「フローラは諦めるしかないでしょうね。どちらにしろ、あいつはポンコツです。外傷しか治せませんから。探すのなら病も治療できるアリアを優先すべきでしょう」

「探してどうする？」

「もちろん連れ戻します」

「またできもしないことを……」

威勢ばかりがよく、実行力が伴っていないことを、大臣はよく理解していた。辟易とした態度を取るが、ハインリヒ公爵の自信は揺るがない。

「私とアリアは愛を誓い合った仲ですよ」

「だが婚約破棄を言い渡したのだろう。普通なら貴様の顔も見たくないと思うはずだ」

「普通ならそうです。ですが私は普通の男ではありません。この優れた容姿がありますから」

ハインリヒ公爵は自分の頬をペシっと叩く。彼の内面を知っているせいで馬鹿面に見えるが、バイアスさえなければ、誰もが認める美丈夫だ。

「私が愛を囁けば、必ずよりを戻せるはずです。王宮へ連れ戻すことも容易いでしょう」

「その言葉を信じてもいいのか？」

「大船に乗ったつもりでいてください」

ハインリヒ公爵の言葉は信用がないせいで羽のように軽い。しかし打つ手がないことも事実だ。

「私も甘いな……」

「ということは？」

「アリア様を連れ戻す務めを、貴様に任せてやる。ただし失敗すれば、今度こそ処刑だからな」

「私も貴族の端くれです。覚悟ならできています」

「ふん、ならいい」

「では、さっそく私はアリアの居場所を捜索に――」

「それは不要だ。アリア様は皇国にいると判明しているからな」

ハインリヒ公爵は目を見開いて驚く。彼は彼なりに人脈を使って調査していたが、アリアの居場所は分からず仕舞いだったからだ。

「どうやって調べたのですか？」

「私は大臣だぞ。王国中の情報が集まってくる。アリア様が皇国行きの海上列車のチケットを購入したことも把握済みだ」

大臣はアリアが過去に皇国で暮らしていたことを知っていたため、移住先として選ぶ可能性が高いと踏んでいた。そしてその予想は的中する。皇国行きの旅券の履歴を探らせることで、アリアの居場所を突き止めたのだ。

「アリアがどこにいるかさえ分かればこちらのもの。私はさっそく皇国へと旅立ちます」

ハインリヒ公爵は頭を下げてから、執務室を後にする。大理石の廊下を歩きながら、彼は口元に笑みを浮かべる。

（ククク、大臣め。今に見ていろ。私がアリアを連れ戻した暁には更迭してやるからな）

彼は聖女の価値に改めて気づいたのだ。病を治せる力は、国王以上の影響力を手に入れる手段になりうると知ったのである。

（アリアを連れ戻したら、私の傀儡《かいらい》として言うことを聞かせてやる。そして王国を裏から支配する陰の王となるのだ）

彼の脳内に薔薇色の未来が広がる。アリアから拒絶されることなど想定さえしていない。

（待っていろよ、アリア。愛しの旦那様が迎えに行くからな）

駆け足で廊下を走る。失敗すれば処刑されることを忘れたかのように軽快な足取りだった。

第三章　～『魔物狩りと食事』～

翌朝、目を覚ましたアリアは食堂へ向かっていた。

（この時刻だと皆さんは魔物狩りに出かけているでしょうね）

宴会の空気にのまれ、清酒を飲んでしまったアリアは、酔いのせいで起きるのが遅れてしまった。

（こんなにお酒を楽しんだのは、いつ以来でしょうか）

二日酔いにはならないが、酔うと睡眠時間が増えてしまう体質だった。いつも以上に深い睡眠を楽しめる一方で、聖女の務めを強いられていた時は、業務に支障が出るため飲酒を避けていたのだ。

（熟睡できたので、お腹も空いてしまいましたね）

遅めの朝食を取るために食堂へ向かうと先約がいた。宴会で話の中心人物だったカイトである。

（どうしてこの時間に食堂に？　いえ、それよりも昨晩のことを思い出すと、少し気まずくなりますね）

カイトは冒険者のアリアンに惚れていた。ただその正体が彼女だとは気づいていない上に、意中の相手がリンだと誤解していた。

（私は恋に興味ありませんし、好きになられても困りますから。できればリン様とカイト様が恋仲になってくれるのが理想ですね）

二人は共に美男美女だ。きっと理想のカップルになる。どうにかして二人が幸せな恋を育めないかと思案していると、カイトの訝《いぶか》しげな視線が刺さる。

「聖女様も席に座ったらどうですか？」

「そ、そうですね」

食堂の入口で立ち尽くしていては邪魔になる。促されるままに、食卓に腰掛ける。

「カイト様は一人だけですか？」

「他の者たちは魔物狩りに出かけましたから……私は二日酔いで留守番です」

「昨晩は飲まされていましたものね」

いつもムスッとしているカイトの恋の話だ。皆、彼から本音を引き出そうと酒を飲ませ続けた結果、酷い二日酔いで朝を迎えたというわけだ。

「辛いなら治してあげましょうか？」

「できるのですか？」

「私の回復魔術は万能ですから」

二日酔いは、アルコールが肝臓で分解される時に生じる有害物質が原因で生じる。アリアの回復魔術は肉体を最善の状態へと修復するため、二日酔いの原因となる有害物質を除去することもできた。

対面に座る彼に魔力の輝きを浴びせると、見る見る内に、カイトの表情が柔らかくなっていく。二日酔いが治った証拠だ。

「ありがとうございます、聖女様。この恩は必ず返します」

「別に気にしなくても構いませんよ」

「いえ、これは私の性分ですので」

少しでも恩を返そうという意思が働いたのか、カイトは、食卓の上に置かれた櫃《ひつ》から茶碗《ちゃわん》に白い粒をよそってくれる。

「これは、コメですね」

「聖女様もご存知でしたか。我が国の主食で、皇国での生活に欠かせないものです」

「十年前に暮らしていた頃は、王国民である私に配慮してパン中心でしたが、時折、食卓に出して頂きましたから」

「収穫されたばかりのコメですから。聖女様も気に入るはずですよ」

「それは楽しみですね」

カイトが朝食の準備を整えると、箸《はし》を差し出す。それを受け取ったアリアは、コメを掬《すく》い上げ、口の中に放り込んだ。噛《か》めば噛むほど甘味が舌の上で広がっていく。

「こちらもよければどうぞ」

「これは漬物というやつですね」

「キュウリというウリ科の野菜を漬け込んだものです。美味しいですよ」

「ではお言葉に甘えますね」

アリアはキュウリの漬物を噛みしめる。コメの甘味と合わさって、意図せず頬が緩んでしまうほどの美味しさだった。

「こんなに美味しい朝食は久しぶりです」

「でしょう。私の実家で採れたコメですから」

その口調はどこか自慢げだ。実家の農業に誇りを持っていることが伝わってくる。

「カイト様は御実家がお好きなのですね」

「……今では誇りだと思えるようになりましたね」

「昔は違ったのですか？」

「貧乏でしたし、農業をやっている実家が古臭くて嫌いでした。ですが、シン皇子の下で働くうちに、その社会的な意義を実感し、誇りに感じられるようになったんです」

嫌悪が好意に変化するのは容易ではない。シンと共に過ごした年月の中で多くの出来事を経験してきたからこその心情の変化だろう。

「シン皇子は立派な人です。皇都で働いていると、田舎者と馬鹿にされることも多いですが、あの人はむしろ胸を張るべきだと自信をくれますから」

「幼い頃の彼とは大違いですね。なにか変化するキッカケでもあったのでしょうか？」

「それはきっと聖女様の存在が大きいと思いますよ」

「私のですか？」

「はい、立派になった姿をいつか聖女様に見せたいと、シン皇子の口癖になっていましたから」

「シン様がそのようなことを……」

「剣の稽古や魔術の勉強を欠かさずに続け、皇子としての責務を全うしながらも鍛錬を怠りませんでしたから。だからこそ、私はあの人を誰よりも尊敬しています」

カイトがシンに心酔している理由の一端がうかがえた気がした。アリアの中のシンの印象も僅かに変化する。

（同性からここまで慕われるシン様は凄い方なのでしょうね）

アリアは素直に尊敬する。するとそんな心中を見抜いたように、カイトは小さく笑みを零した。

「とまぁ、私はシン皇子を尊敬しているのですが、それを抜きにしても、側近の立場は給金が高いですから。貧乏な家庭で生まれた私からすると、夢のような生活をさせて頂いております」

品のある振る舞いは良家の出身のように思える。だが印象以上に苦労の多い人生を送ってきたのだとカイトの口ぶりから伝わってきた。

「貧乏な暮らしで特に大変なのは食事です……実家で暮らしていた頃は、コメはあっても、おかずがありませんでしたから。たまの贅沢が炊き立てのコメにタマゴを混ぜたものだったくらいです」

「カイト様……」

「同情して欲しいわけではありませんよ。ただシン皇子はこんな出自の私を採用してくれるような素晴らしい人だと伝えたかっただけですから」

苦笑を漏らすカイト。そんな彼にアリアは笑みを向ける。

「タマゴを使った料理、いつか私も食べてみたいものです」

「王国では生のままタマゴを食べる文化がないんですよね？」

「目玉焼きやスクランブルエッグのように必ず火を通してましたね」

「皇国だと食中毒菌のいないタマゴが採れますから。この辺りで採れるものだと、コカトリスのタマゴなんかがオススメですよ。黄身が濃厚で、コメともよく合います」

「それは興味がそそられますね」

初めて食べる生のタマゴで苦手意識が生まれてしまうのはよろしくない。話を聞く限り、コカトリスのタマゴは味も優れていそうである。期待している内に、アリアはゴクリと喉を鳴らす。

「コカトリスのタマゴはどこで手に入るのですか？」

「皇都の市場で買えますよ」

「朝食前に市場まで出向くのは少し面倒ですね」

タマゴは鮮度が命だ。どうせなら生まれたばかりのタマゴを朝食で頂きたい。

「野生のコカトリスを捕まえる方法もあります。ランクFと、脅威度も低いので、壁の中での飼育も認められていますから」

「それなら毎朝、新鮮なタマゴが食べられますね」

善は急げと、朝食を食べ終えると、アリアは席を立つ。その様子にカイトは訝しげな眼を向ける。

「まさかとは思いますが、魔物の棲《す》む森へ行くのですか？」

「それは、そのぉ……」

「ああ。なるほど、リンさんにコカトリスの捕獲を頼むのですね」

自己解決したのか、カイトは質問を打ち切って、実家で飼っていた頃の経験談を交えてコカトリスの生態について解説してくれる。

騙しているようで申し訳ない気持ちになりながらも、アリアは解説を聞き終えると食堂を後にした。花より団子だと、彼女は自分の舌を喜ばせるために闘志を燃やすのだった。

●●●

壁外にある魔物の棲む森で、アリアはコカトリスを探していた。傍にギンはいない。目的が討伐ではなく、捕獲なため、臆病なコカトリスに逃げられないよう配慮したためだ。

（生息条件は満たしているはずなんですが……）

日当たりや風通しがよい場所を好むとカイトから聞いていた。実家で世話をしていた彼の解説に間違いはないだろう。

乾いた地面のおかげで、歩くのは苦ではない。その歩みは軽快だ。

（この森を歩いていると、魔物狩りを強要されていた頃を思い出しますね）

周囲のどこから魔物が出没するかも分からない森で、ハインリヒ公爵に一人放置された頃を思い出す。風で葉が揺れるたびに、恐怖で震えたものだ。

（でも、一週間もすれば怯えなくなりましたからね。人の適応能力が凄いのか、私が強いのかは分かりませんが……）

ハインリヒ公爵のことは今でも嫌っているし、二度と会いたくないが、あの頃の経験はある意味で貴重だった。ただの貴族令嬢が、本物の聖女になれたのは、あの魔物狩りの経験があったからこそだからだ。

（そういえば、フローラは平気なのでしょうか？）

聖女の務めを果たすためには膨大な魔力がいる。彼ならば、フローラに魔物狩りを強要してもおかしくはない。

（まぁ、どちらにしても私には関係ありませんね。二人は愛し合っているとのことでしたし、部外者が口を出すことではありませんから）

王宮を追放されたショックはなく、むしろ解放してくれた二人には感謝していた。そのまま末永く王宮での聖女としての務めを果たして欲しい。

《定時報告です、マスター。まだコカトリスを発見できていません。捜索を続けます》

空から探してくれているシルフが連絡をくれる。コカトリスは稀《まれ》に巨大な個体もいるが、基本的には鶏と変わらない大きさで、子供なら鶏よりもさらに小さい。俯瞰では簡単に見つけられないのだろう。

（でも諦めません。私自身、タマゴを食べるのが楽しみですし、カイト様も食べたいでしょうから）

コカトリスのタマゴに言及した時、懐かしむような顔をしていた。ご馳走だったと語っていたし、捕まえて帰れば、きっと喜ぶだろう。

（それにこれはシン様にとっての幸せにも繋がるはずです）

周囲の人の喜びを誰よりも望んでいるシンのことだ。カイトが嬉しいと、きっと彼も喜ぶはずだ。

（でも不思議ですね。シン様が喜んでくれると考えるだけで、こんなにも幸せな気持ちになれるのですから……）

恩を返すためだけではない。それ以上の感情が自分の中に芽生えていると自覚するが、その正体に心当たりがない。理解の及ばない感情に不思議な感覚を覚える。

（考えても仕方がありませんし、ひとまずは休憩にしましょうか）

丁度よい大きさの腰掛け石に座ると、収納袋から竹皮で作られた弁当箱を取り出す。中には、朝食の残りで作ったおにぎりが入っている。まだ温かいのは、魔道具に収納されたアイテムが、時間でも停止したかのように状態を維持するからだ。

（まずは一口――ッ……さすが、私！　とっても美味しいです）

塩で味付けされただけのおにぎりだが、口の中でコメの甘味と塩味が調和していた。一度食べ始めると、もう止まらない。二口、三口と食が進んでいく。

（美味しいご飯に、心地よい風。生きていると実感できますね）

激務で労働ばかりしていた頃とは違う。仕事から離れたことで、心に余裕が生まれていた。

（贅沢を言うなら、こんな美味しいご飯なら誰かと一緒に……）

その願いを叶えるように、茂みから一匹の魔物が近づいてくる。ベースは鶏だが、下肢からは蛇の尻尾が生えている。

鶏はひよこから成長するが、コカトリスは幼少の頃から成体の姿をしており、サイズだけが変化する。目の前のコカトリスは、鶏よりも一回り小さいため、まだ子供なのだと推測できた。

（ご飯の匂いに釣られてきたのでしょうか？）

試しにコメを差し出してみると、嬉しそうに駆け寄ってくる。お腹が空いていたのか、嘴《くちばし》で器用に食事を進めていた。

（まだ子供ですし、親鳥も近くにいるのでしょうね）

逸れたとしても、そう遠くはないはずだ。探してあげようと立ち上がった瞬間、シルフから念話が届く。

《マスター、コカトリスのいた場所を発見しました》

まるで今はもういないかのような口ぶりに疑問を抱くが、シルフはアリアからそう遠くない位置にいる。考えるより、まずは向かってみることにする。

コカトリスの子供は餌付けしたことでアリアに懐いたのか、その背中を追いかけてくる。親鳥になったような気分に、口元から笑みが零れる。

（外敵の多い森より、屋敷の方が幸せに暮らせるでしょうし、できれば親子で連れて帰りたいですね）

距離的にも向かう先にいるのは親鳥だろう。

コカトリスの子供に歩調を合わせながら森を進み、シルフの待つ場所へと辿り着く。しかしそこには予想外の光景が広がっていた。

（周囲一面が凍って……）

森の一部だけが異常気象に襲われたかのように、氷の大地へと変化していた。シルフが魔石を手に持ち、近づいてくる。

《マスター、こちらはコカトリスの魔石です》

「どうやら、外敵に襲われたようですね」

子供のコカトリスは逸れたのではなく、親鳥が命を賭けて逃がしたのだ。

アリアは子供のコカトリスを抱きかかえる。

「私と一緒に暮らしましょうか？」

その問いに応えるように、コカトリスは頬を摺り寄せる。親鳥を失った状態で、野生を生き残ることはできない。これが最善の選択だ。

（それにしても凄い力ですね）

親鳥を襲った犯人には心当たりがあった。ランクAの怪物――フロストドラゴンだろう。氷の魔術を使う最強の実力を改めて理解する。

（いつか戦う日が来るのでしょうか……）

未来を心配しても仕方がないが、負けないだけの力は欲しい。そう願いながら、コカトリスを抱いて、屋敷への帰路につくのだった。

●●●

コカトリスの子供を屋敷に連れ帰ると、庭師の老人に裏庭の小屋を紹介される。止まり木や水受けに加え、産卵箱まで置かれており、過去にも生物を飼っていたことが分かる。

「随分と昔の話になりますが、ここでコカトリスが飼われていたんです。家臣の方々、特にカイトくんは大切に世話をしていました」

「やはりカイト様は動物がお好きなのですね」

「彼は動物の世話も誰よりも真面目にこなしていました。副官として冷たく打算的な振りをしていますが、本当は優しく情に厚い人物なんですよ」

庭師の老人は優しげに微笑む。きっとカイトとも長い付き合いなのだろう。まるで孫を褒める祖父のような口ぶりだった。

「聖女様、帰ってきていたのですね」

「カイト様、どうしてここに？」

二日酔いは回復魔術で治療済みだ。てっきりシンの後を追って、魔物狩りに出かけたとばかり思っていた。

「事務仕事が溜まっていましたので、今日はそちらを優先することにしたんです……抱いている鳥はまさかコカトリスですか？」

「え、ええ」

「さすがリンさん、さっそく捕まえるとはやりますね」

カイトはアリアを非力だと誤解している。自力で捕まえられるはずがないのだから、友人のリンが捕獲したと思い込むのも、ある意味で自然だった。

「まだ子供ですね」

「親鳥はフロストドラゴンに襲われたんです」

「可哀想ですが、あの怪物に勝てる魔物は存在しません。子供が生き残っただけでも幸運ですよ」

魔物どころか人間でも勝算があるのは第一皇子くらいのものだ。子を守り切った親鳥は称賛されていい。

「コカトリスは聖女様に懐いていますね」

「人懐っこいので、きっとカイト様のことも気に入るはずですよ。よければ抱いてみますか？」

「是非！」

カイトは前のめりになって反応する。よほどコカトリスが好きなのだろう。

アリアはカイトにコカトリスを預ける。すると彼は慣れた手付きで抱き上げた。蛇の尻尾が左右に揺れており、上機嫌だと伝わってくる。

「こうしていると、昔、飼っていたコカトリスを思い出します。温厚で、私に懐いていたのですが、病で倒れてしまって……」

カイトの瞳には慈愛が満ちている。かつて飼っていたコカトリスと重ねているのだろう。

「聖女様、この子の名前はなんと？」

「まだ決めていませんでしたが……折角ですし、カイト様が決めてください」

「私が決めてもいいのですか？」

「はい。この子を捕まえたのはカイト様のためでもありますから」

「ではコカと。かつて私が飼っていたコカトリスの名前です」

「コカ様ですね。よい名前を付けてもらいましたね」

コカの首元を優しく撫でてやると、猫のように喉を鳴らして喜ぶ。その様子をカイトは目を細めて眺めていた。

「あの、聖女様、私がコカの世話をしてもよろしいですか？」

「ありがたい申し出ですが、よろしいのですか？」

「いい気分転換になりますから」

「ではタマゴは屋敷の朝食に提供しますね。カイト様や、家臣の皆さんも召し上がってください」

もちろん私も食べますがと、アリアは続ける。コカトリスはタマゴをたくさん産むため、全員に分け与えても十分に足りる。どうせなら美味しいものは大勢で共有したい。

「聖女様のおかげで毎日の朝食が楽しみです」

「カイト様が喜んでくれて、私も嬉しいです」

「聖女様は本当に優しい人ですね……それなのに私は……」

「カイト様も優しいではありませんか」

「いえ、私は……白状すると、聖女様を利用するべきだとシン皇子に提案したこともありました」

もちろん断られましたがと、彼は続ける。アリアに怒りはない。副官の立場なら当然だと思ったからだ。

「シン様のためにしたことを私は非難したりしませんよ」

「いえ、純粋にシン皇子のことだけを考えていたわけではありません。私は聖女様に嫉妬していたんです。だから私は謝らなければならない」

カイトは頭を下げる。その謝罪に対し、アリアは柔和な笑みで応えた。

「許します。なにせ私たちシン様を守る同志ですから」

「同志、ですか？」

「違いますか？」

「そうですね。聖女様、いえ、アリアさんは私の大切な同志です。これからも仲良くしてください」

二人は、はにかみながら微笑を浮かべる。心の距離が近づいた結果、互いの間に絆が芽生えたのだった。

●●●

翌朝、アリアはいつもより早い時間に目を覚ました。コカトリスのタマゴを食べるのが楽しみで、早起きするために就寝時刻を早めたおかげである。

(コカ様はタマゴをたくさん産んでくれているでしょうか)

裏庭の小屋に向かうと、コカが嬉しそうに出迎えてくれる。

「コカ様は今日も元気ですね」

この調子ならタマゴも期待できそうだと、産卵箱を確認する。しかしタマゴは一つも見つからない。

(さすがに初日から期待しすぎでしたかね)

諦めようとした時、小屋の中が綺麗に掃除されていたことに気が付いた。

(もしかしたらカイト様が!)

掃除のついでに、タマゴも回収してくれたのではと期待して食堂へ向かう。

「おはようございます、アリアさん」

「カイト様もおはようございます」

カイトは食卓に座りながらも、空の茶碗を前にしていた。

「もしかして私を待ってくれていたのですか」

「ええ。一緒にタマゴを食べようと思いましたので」

　食卓の上には籠が置かれ、その中には大量のタマゴが積まれていた。赤茶色の珍しい色をしたタマゴである。

「これがコカトリスのタマゴですか」

　アリアは席に着くと、さっそく小皿の上に割ったタマゴを落とす。濃い黄身と透明度の高い白身が食欲をそそる。

「美味しそうですね」

「特に黄身の部分は味が濃く、鮮度も高いので箸で掴むこともできるんですよ」

「あ、本当ですね」

　アリアは櫃から茶碗にコメをよそうと、その上に黄身を乗せる。王国の食文化で育ってきたアリアにとって、生の白身はまだ抵抗があるため、ひとまず黄身からのチャレンジだ。

「では、実食といきましょう」

「ならこれも是非。醤油《しょうゆ》という我が国の調味料です」

　箸でタマゴをつつくと、コメの上を黄身が広がっていく。そこにカイトから受け取った醤油を垂らして口をつける。

　舌の上で黄身の甘さが広がっていく。醤油もまたタマゴの味を引き立てていた。

「生の黄身がこれほどに美味だとは思いませんでした……それに、この醤油もタマゴに合います」

「帆立の成分が入った特別な醤油ですから。市場に出かけた時、たまたま買えたんです」

きっと今朝のために、わざわざ買ってきてくれたのだ。カイトの優しさに感謝しながら、もう一口、手をつける。美味しいと、改めて実感する。

「この醤油なら、黄身を一晩漬けても美味しくなりそうですね。他にも、この濃厚な味わいならプリンにしてもよさそうです」

「プリンとは、確か王国の菓子ですよね？」

「今度作って差し上げますね」

「楽しみにしています」

仲が深まれば深まるほど、カイトの印象が変わっていく。プリンを楽しみにする彼の笑みは少年そのものだ。いつもムスッとしていても、仲間たちから好かれているのは、皆、本当の彼を知っていたからだろう。

「アリア、今日は早いね」

「シン様！」

食堂にシンが顔を出す。続くように他の家臣たちも現れ、騒々しくなる。

「カイトと仲良くなったみたいだね」

「色々と誤解が解けましたから」

「私としては少し複雑だけどね」

「複雑ですか？」

「カイトは私にとって大切な副官だ。仲良くして欲しいと思う。だが一方でアリアを取られたような気がして、なんだか嫉妬してしまってね……どうやら私もまだまだ子供のようだ」

シンは少しだけ頬を赤く染めながら苦笑を漏らす。その様子にアリアも照れながら、朝食に舌鼓を打つ。その味は一人で食べるよりも何倍も美味しく感じられたのだった。

●●●

コカトリスのおかげで食卓は鮮やかになった。タマゴは応用が効くため、卵焼きに、目玉焼き、プリンまで多彩な料理を作れるからだ。

タマゴ三昧《ざんまい》の朝食に満足する日々。初日は感動して、ご飯を三杯もおかわりしてしまったほどだ。

だがさすがに一週間以上続けば、飽きもやってくる。

聖女の務めに励んでいた頃は、食事をただのエネルギー摂取として受け入れていたが、今の彼女は違う。時間もたっぷりとあるため、飽きをそのままにするようなことはしない。

（私はなにが食べたいのでしょうか……）

台所へ顔を出し、食料の貯蔵庫を確認する。コメやタマゴが中心で、特別に食欲がそそられるものはない。

（タマゴは食べましたし、肉も食べました。残るは……）

魚だ。アリアの舌は新鮮な魚介類を求めていた。

「アリアが台所にいるなんて珍しいね」

シンが顔を出す。いつもなら魔物狩りで出かけている時間のはずだ。その彼がどうしてここにいるのか疑問を浮かべていると、彼も気づいたのか、答えをくれる。

「別件で用事があってね。私はお留守番さ。アリアはどうしてここに？」

「魚を食べたいと思いまして……海が近くにありますし、捕まえてもよいのでしょうか？」

海上列車で移動中に、飛び跳ねる魚を車窓から見かけたことを思い出す。釣り具さえあれば、魚を捕まえるのも悪くないが権利関係が気になっての質問だった。

「漁業権の問題があってね。海での魚の捕獲は第二皇子だけに許されているんだ」

「十年前は問題なかったのに、生きづらい世の中になりましたね」

「懐かしいよね……子供の頃はアリアとよく一緒に釣りに行ったものだ」

魚を釣って、二人で焼いて食べた日のことを思い出す。魚の脂と塩の旨味《うまみ》が頭の中に蘇り、ゴクリと唾を飲み込んだ。

「あの頃は楽しかったね。アリアが釣り餌のミミズを触れないから代わりに付けてあげたよね」

「私は虫が苦手ですから……」

「あの時のことは今でも鮮明に思い出せるよ。なにせアリアも可愛いところがあるんだなと印象が変わったからね」

アリアは師匠だったが、生活のいろんな場面で彼には助けられていた。思えば、あの頃から彼は未熟ながらも頼り甲斐があった。

「話を戻すと、海で釣りをする以外の手段なら買うのが最もお手軽だよ」

「もしかして市場で売っているのですか？」

「よく知っていたね。あそこなら美味しい魚がたくさん売っているし、欲しい分だけ手に入る」

「う～ん、でもやっぱり私は捕まえる方が……」

アリアはギンにも食べさせてあげたいと考えていた。市場で買ってもいいが、それだと量が少なすぎるし、出費も大きくなるからだ。

「なら川魚を狙うしかないね。森を流れている川なら漁業権の問題はないから好きに魚を捕まえていいからね」

「美味しい魚もいるのですか？」

「もちろん、いるよ。川の上流が洞窟に繋がっているんだけど、そこに棲む鮎《あゆ》は絶品なんだ」

「それは興味が惹かれますね」

「でも洞窟の奥に進むのは危険だから注意してね。入口付近は安全だけど、奥まで進むと強力な魔物が出現するから」

「ご忠告ありがとうございます」

目的地は決まった。善は急げと台所を後にしようとした時、すべてを見透かすような視線を向けられる。

（私がアリアンだと気づいたのかもしれませんね）

当初、シンはアリアが魔物討伐へ赴くことを反対していた。だがアリアンの活躍で、彼女がランクBのシルバータイガーを操れると知ったからこそ、万が一にも危険はないと確信を抱き、魔物の森での釣りを提案したとするなら筋が通る。

「釣り具なら屋敷の倉庫にあるから、好きに使ってよ」

「では、お言葉に甘えますね」

アリアはシンに礼を告げて、その場を後にする。よき理解者である彼に感謝し、自然と口元に笑みが浮かぶのだった。

●●●

魔物の森へやってきたアリアは川を上流へと上《のぼ》っていく。辿り着いた先はシンが教えてくれた通り、洞窟へと繋がっていた。

（ここに美味しい、お魚さんたちがいるのですね）

アリアは収納袋から釣り具を取り出す。さっそく釣りを始めようとした瞬間、とある問題に気づいた。

（あ、釣り餌を忘れました……）

針の先に付ける餌がなければ魚は釣れない。そのまま大人しく釣り具を仕舞う。

（どちらにしろ、私では釣り餌が触れませんから、無理でしたね）

代わりに魔石を取り出して、シルフとギンを召喚する。釣り餌がなくとも、彼女には頼もしい仲間たちがいる。

「ギン様、頼みます！」

ギンが浅瀬を選んで、川の中に足を踏み入れる。川の様子をジッと観察しながら、流れてくる魚を前足で川岸へと放り上げる。

一匹、また一匹と、続々と魚を捕まえていく。魚の種類はシンから聞いていた通り鮎だった。

（美味しい鮎料理に仕上げないとですね）

シルフの炎魔術で焚《た》き火を用意し、串に刺した魚を並べていく。塩をふりかけて味付けしながら、焼けるのを待つ。

「美味しそうな匂いがしてきましたね」

鮎の脂が弾ける音が鳴り、完成が間近に迫っていることを教えてくれる。ギンも食欲の限界に達したのか、鮎を捕まえるのを止めて、こちらに近づいてきた。

「たくさん捕まえてくれましたね。ありがとうございます」

「にゃ～おっ」

川岸には、アリアたちだけでは食べきれない量の鮎が積まれていた。食べきれる分だけを残して、シンたちのお土産にするために収納袋へと仕舞う。

（袋に仕舞っておけば、鮮度も維持されますからね。腐ることがないのは便利ですね）

シンたちの喜ぶ顔を思い浮かべながら、焼けた鮎をギンへと差し出す。器用に噛り付くギンは、味を気に入ったのか、嬉しそうに尻尾を振っていた。

「シルフ様も食べてくださいね」

《ありがとうございます、マスター》

「では私も頂きますね」

鮎を頬張ると、口の中に濃厚な魚と塩の旨味が広がる。食べ進めていくと、胆の苦みもよいアクセントとなり、食が止まらなくなる。焼いていた鮎をすべて食べ終えるまでに、時間はそうかからなかった。

「ギン様はまだ物足りないようですね」

アリアは腹八分目で満足していたが、ギンはもう少し食べたいと目で訴えていた。鮎を焼いてもよいが、底の深いところで別種の魚が泳いでいるのが目に入る。

ギンはアリアの意図を感じ取ったのか、川に飛び込み、海底から魚を咥え込んでくる。その魚は彼女が想定していないものだった。

「これは河豚《ふぐ》ですね」

一般的には海水魚である河豚だが、一部の種類は淡水に棲む。身は美味しいが猛毒のある種であり、魔力を感じないことからも魔物ではない。

（魔物なら魔石にしてから素材に変えれば毒を抜けたのでしょうが……砂糖に漬けて、毒を消せるとも聞いた覚えもありますが、素人知識での調理は危険でしょうしね）

諦めようとした時、ギンが期待するような視線を向けていることに気づく。

可愛い相棒に頼られては仕方ないと、アリアは妙案がないか思案する。そして一つの可能性に辿り着いた。

（もしかしたら回復魔術で毒を消せるかもしれません）

回復魔術はアリアの望む最良の状態へと修復できる。毒を状態異常だと見做せば、失くせるかもしれない。

（物は試しですね）

回復魔術を発動し、河豚を白い輝きで包み込む。効力が発揮されたのか、河豚の肉体は淡い輝きを放っていた。

（では捌《さば》いていきましょう）

包丁で河豚を解体していく。毒袋は最初からなかったかのように除去されていた。美しい身を透明な刺身にしていく。

やがて解体が完了すると、アリアは箸で刺身を掴んで、ギンの口元へと運んであげる。パクっと食いついたギンは、咀嚼《そしゃく》しながら尻尾を振る。ご機嫌な反応から、フグが美味だと伝わってきた。

（私も一口だけ……）

アリアも続くように刺身を口の中に放り込む。毒の刺激もない。淡泊なのに、噛めば噛むほど旨味が溶け出し、その美味しさに感動すら覚えた。

それからギンが満足するまで、調理は行われた。お腹が膨れたところで、アリアは立ち上がる。

「さて、私たちの仕事はまだ残っていますよ」

シンから洞窟の奥には強力な魔物がいると聞いている。このチャンスを逃す手はない。

「ここまで来たのですから。魔物を狩ってから帰りましょう」

アリアは食後の運動も兼ねて、洞窟の奥へと進んでいく。その足取りに不安がないのは、頼りになる相棒たちが傍にいてくれるからだ。

洞窟は入口から遠のくほど明るくなっていく。これは魔力の残滓《ざんし》が光源になっているからだ。つまりより強い魔物がいる証拠でもある。

（シン様が強敵だと注意を促すほどですからね）

実力者の彼が警告するほどだ。油断できない相手がいることは間違いない。

《マスター、魔物が近づいてきます》

先行しているシルフから警告が届く。向かってきたのはゴブリンだ。

（あのゴブリン、なにかに怯えているようですね）

その見立てが正解だったと証明するように、傍を流れる地下水から影が昇ってくる。

轟音《ごうおん》と共に水面に顔を出したのは、鋭い牙を持つ魔物だ。体表を光る鱗《うろこ》に覆われた姿は鯱《しゃち》に似ていた。

（あれはランクDのオルカですね）

ゴブリンは後ろを振り返り、オルカの挙動を確認する。逃げていたのは、オルカに怯えていたからだと知る。

（どうして魔物同士で争いを……）

オルカは高圧力の水鉄砲を発射し、ゴブリンの足を撃ち抜く。血を流すゴブリンに追い打ちをかけるように、腕や肩を水の弾丸で貫いていく。

もうこれ以上、いたぶる箇所がなくなるほどにボロボロにすると、オルカは嬉しそうに鳴き声をあげる。続いて、トドメの一撃とばかりに、ゴブリンの頭を水鉄砲で撃ち抜いた。ゴブリンは魔素となって消え去ってしまい、魔石だけが川岸に転がる。食べるためでなく、快楽のためだけにゴブリンを襲うオルカに怒りを覚えた。

「加減はいりませんね……ギン様、やっちゃってください！」

アリアの命令を契機に、ギンはオルカに向かって駆け出す。その突進を止めるため、オルカは水の砲撃を放った。

正確無比なコントロールだが、だからこそ読みやすい。ギンは躱《かわ》すために横に飛ぶ。すると水の砲弾は追尾するように、急カーブを描いて、ギンに命中した。

「ギン様！」

心配したアリアは声をかけてから、遠隔で回復魔術の治療を行う。アリアのサポートを受けたギンは、負ったダメージが癒えたからか、闘志を燃やすように牙を剥いた。

（さすがはランクDの魔物ですね）

水を自由自在に操っているのは、魔術を使っているからだ。ランクE以下とは違い、油断できない難敵である。

（オルカが使っているのは、きっと水魔術でしょうね。もし手に入れれば、シルフ様はさらなるパワーアップを果たせます）

炎を自由自在に操る魔術をサラマンダーから手に入れたシルフは、第一線で戦える強力な戦力となった。そこに水の力も加われば、対応力は格段に上昇するはずだ。

（ただこの状況で、この相手を倒すのは容易ではありませんね）

真っ向勝負なら、オルカはギンの敵ではない。

だがオルカの周囲には地下水がある。本来なら無から水を生成するために魔力を消費しなければならないが、それを節約し、操る力に集中することができる。

（状況が不利でも勝つための策はあります）

オルカは知能もプライドも高い。そこに付け入る隙がある。

アリアは先ほどオルカによって倒されたゴブリンの魔石を拾うと、オルカの頭上を狙って投擲する。

（今です！）

アリアの遠隔の回復魔術によって魔石はゴブリンへと変化した。棍棒《こんぼう》を振り上げたゴブリンは、そのままオルカへと一撃を加えるために落下する。

最弱のゴブリンの一撃は、オルカの魔力の鎧《よろい》を貫くことはできない。しかし肉体的な負傷を負わずとも、格下からの攻撃をプライドの高いオルカが許せるはずもなかった。

空中で躱せないゴブリンに、オルカは改めて水の弾丸を放つ。その強力な一撃はゴブリンを吹き飛ばし、魔素となって消滅した。

（この一瞬の隙が命とりです）

水の弾丸は連射できるわけではない。一撃を放つたびに溜めの時間が必要だ。

その隙を突くように、ギンが間合いを詰めて、オルカに飛びかかる。ギンの牙がオルカの肉を裂いて突き刺さった。

　オルカは血と魔素を吹き出しながら、悲鳴をあげて沈んでいく。ギンもまた牙を抜こうとしないため、溜まった地下水の底へと沈んでいく。

「ギン様！」

　アリアが心配そうな声をかけると、魔石を咥えたギンが泳いでくる。水際まで戻ってくると、ブルブルと身体を震わせ、付着した水を振り払った。

「さすがはギン様ですね」

「にゃ～ご」

　駆け寄って、ギンを褒めてやる。シルフも気を利かせて、炎の魔術で、身体を冷やしているギンを温めてあげていた。

「いつもギン様の頑張りには助けられますね」

　オルカの魔石を手に入れたことで、水を自由自在に操れるようになった。

　お土産の鮎もシンたちに喜んでもらえるはずだと期待し、アリアは駆け足で来た道を戻るのだった。

●●●

冒険者組合で魔物討伐の報酬を受け取ったアリアは屋敷への帰路につく。機嫌よく鼻歌を奏でているのは、水魔術の使い道に胸が躍《おど》っているからだ。

(水と炎、この二つが使えれば、お湯が生み出せますからね)

魔物狩りをしている時の昼食は、おにぎりなどの弁当を持っていくか、獲物を焼いて食べるかのどちらかだ。

しかし水魔術があることで、お湯を使って茹《ゆ》でたり、蒸したりが可能になる。料理のレパートリー増加こそ、彼女の機嫌のよさの源でもあった。

「ただいま帰りました」

屋敷に帰ると、玄関で声をかける。しかし反応はない。

(皆さん、魔物狩りから帰られていないのでしょうか)

疑問を感じながらも台所へ向かうと、シンが調理場に立っていた。

「アリア、おかえり」

「ただいまです。シン様は料理中ですか?」

「家臣の皆と回り持ちで料理を担当していてね。今日は私が料理当番なんだ」

「言われてみれば調理人の方を見かけませんでしたね……」

家臣たちが料理を作っていると気づいてはいたが、長期の休暇や病気などで調理人が不在なだけかと思い込んでいた。

「意外かもしれないけど、皆で作る方が美味しいからね。敢《あ》えて、雇ってないんだ」

「なら私も料理を担当しますよ」

「アリアは客人だ。手間をかけさせるわけにはいかないさ」

「遠慮しないでください。料理は私の趣味でもありますから」

アリアは収納袋から捕まえた鮎を取り出していく。積まれていく大量の魚に、シンは驚きを隠せずにいた。

「大漁だね」

「シン様たちに食べて頂くために頑張りましたから」

「ありがとう。私だけでなく、きっと皆も喜ぶはずだ」

シンは黙々と鱗を取るなどの下処理を進めていく。アリアも隣に立ちながら、彼と一緒に包丁を振るう。

「アリアと一緒に料理をしていると昔を思い出すね」

「魚料理も二人でよく作りましたからね」

「アリアの作ったあら汁は今でも思い出せるよ。あれは絶品だった」

過去を懐かしむようにシンは目を細める。アリアもまた輝かしい思い出が脳裏に浮かんできた。

（あの頃は背も私の方が高かったですからね……）

記憶の中の幼い彼と違い、大人になったシンは見上げるほどに背が高い。一人の男性として魅力ある姿に成長していた。

「アリア、君にお願いしたいことがあるんだ。頼みをきいてくれるかな？」

シンの真っ直ぐな視線が向けられる。綺麗な顔は見惚《みと》れるほどに美しく、心臓が早鐘を打ち始めるが、アリアはなんとか平静さを保つ。

「もちろんです」

「塩焼き以外に刺身も作ってみたんだけど、味見をお願いしたいんだ」

「鮎の刺身ですかぁ」

鮎は塩焼きが一般的だが、脂肪を蓄積するため、刺身にしても美味しい。透き通るような刺身が皿に並べられていた。

「では一口だけ頂きますね」

アリアは箸を手にしようとするが、それを遮《さえぎ》るように、シンが手持ちの箸で刺身を掴む。

「アリア、あ〜んして」

「そ、それは、なんだか恥ずかしいですね」

「昔はよくやったじゃないか」

「それはシン様が子供だったからです」

アリアは目を逸らすが、シンは箸を引っ込めようとしない。彼は強情なところがあるため、このまま待っても手を引っ込めることはないだろう。

アリアは高鳴る気持ちを抑えながら、箸の先にある刺身を口の中に入れた。

その瞬間、舌の上に爽やかな鮎の脂の旨味が広がる。鮎は香魚と異名を持つほど、香りのよい魚だ。鼻腔を抜ける鮎の香りが食欲をさらに掻き立てた。

「美味しいです、シン様！」

「新鮮な鮎だからだよ。一番の功労者は捕まえたアリアだ」

それから二人は料理を続ける。一通りの調理が終わったところで、玄関の扉が開いた音が鳴る。

「どうやら皆が帰ってきたようだね」

「どこかへ出かけていたのですか？」

「カイトの発案でね。皆で修行に出かけていたんだ」

「なるほど。だからシン様だけが屋敷に残っていたのですね」

シンの実力は改めて修行する必要がないほどに群を抜いている。

これからの第七皇子との戦いを勝ち抜くためには、家臣たちもレベルアップが求められる。

だからこそカイトたちは修行に励んだのだ。

「では皆様を出迎えましょうか」

シンと共に鮎の載った大皿を食堂へ運ぶ。食事を楽しみにしていたのか、机の上に並ぶ鮎料理に歓喜の声をあげた。

家臣たちは修行で空腹だったのか、がっつくように鮎を頬張る。食堂が食欲という名の熱狂に包まれるが、カイトだけはいつもの無表情で黙々と食事を楽しんでいた。

「カイト様の舌には合いませんでしたか？」

「アリアさん……いえ、シン皇子の料理はとても美味ですよ」

「実はその塩焼きは私が作ったんですよ」

「そうでしたか。さすがはアリアさんです。料理もお得意とは……」

「頑張りましたからね」

アリアの頑張るという言葉に、カイトは反応を示す。思い悩むように、鮎をジッと見つめていた。

「悩み事があるなら聞きますよ」

「たいした悩みではありませんよ。ただの焦燥《しょうそう》ですから」

「焦燥？」

「我らはシン皇子に頼りきっています。ランクEの魔物でさえも、皆で力を合わせてやっと倒せるような状況ですから……だからもっと努力して、少しでもシン皇子の力になりたいのですが、成果が出なくて……」

努力は継続して初めて結果に繋がる。その事実をカイトも理解していたが、焦りを消せずにいたのだ。

「カイト様なら絶対に強くなれますよ。ほら、外を見てください」

窓の外はもう真っ暗になっていた。こんな遅くまで修行をしている彼が報われないはずがない。

「きっと努力は実を結びます。だから、今はたくさん食べて強くなりましょう」

「アリアさんには敵いませんね」

カイトの口元に笑みが浮かぶ。食事を楽しむ彼の表情は、曇りのない晴れやかなものへと変わっていたのだった。

●●●

翌日、アリアはいつもより早い時刻に目を覚まし、朝から出かけていた。肌寒い風が吹いているが、その足取りは軽い。

（今日は散財が目的ですからね。楽しみです）

魔物討伐で貯めた金貨は千枚を超えた。これは成人男性の年収四人分に相当する。

大金を手に入れたのに、使わずに仕舞っておくだけでは宝の持ち腐れだ。経済を回すためにも浪費を楽しむと決めて、市場まで足を運んだのである。

「ここが市場ですか」

ガラス張りの天井に覆われた区画の中に商店が並んでいる。季節の鮮やかな切り花を販売する生花店、衣服を販売する呉服屋、食器を並べている雑貨屋まである。

（魅力的なお店が多いですが、私のお目当てとは違いますからね）

アリアが市場を訪れた目的は最初から決まっていた。美味しいものを食べたい。それが足を運んだ理由だった。

（ここからが食料品の販売エリアですね）

入口から歩くこと数分。買い物の誘惑を振り切って、お目当てのエリアに辿り着く。食欲をそそる匂いが鼻腔をくすぐり、期待で胸を膨らませていると、見知った顔が近づいてくる。

「シン様！　どうしてここに？」

「食料品の買い出しでね。アリアはどうしてここに？」

「美味しいものが食べたくて……王宮で暮らしていた頃は時間がなくて、簡単な食事ばかりでしたからね。その反動が来ているのだと思います」

「折角、会ったんだ。よければ一緒にどうだい？」

「是非、お願いします」

柔和な笑みを零すシンと共に、アリアは食料品売場を散策する。隣並びになることで、彼の背の高さを自然と実感する。そのせいもあってか周囲から集まる視線にも気が付いた。

「注目されているね」

「シン様が皇子だと気づいているからでしょうか？」

「私の顔を知っている者なら気づいているだろうね。でも市場には頻繁に顔を出すから私がいても皆驚かないし、それだけで注目は集まらないさ。きっとアリアが美人だからだよ」

「わ、私がですか⁉」

容姿を褒められて驚くアリア。そんな彼女の反応に、シンは愛おしげな目を向ける。二人の間に穏やかな空気が流れる中、商店で声かけをしている中年の女性店員と目が合う。

店頭には肉の切り身が並べられ、宙にソーセージが吊り下げられている。アリアたちは自然と足を止めた。

「お肉が美味しそうですね」

「うちの自慢の商品だからね。お嬢ちゃんさえよければ、一つどうだい？」

女性店員がソーセージを勧めるが、アリアは首を横に振る。

「ありがとうございます。でも、朝食を食べていないので、食材ではないすぐに食べられるものが欲しいんです」

肉は購入してから焼く手間がかかる。今のアリアが求めているものではないと勧めを断ると、女性は店の奥から大皿を運んでくる。その上には表面をカリッとした衣に包まれた食べ物が並べられていた。

「うちの店は総菜も用意していてね。このコロッケなんかは絶品だよ」

「コロッケですか?」

「元は共和国の料理で、最近、皇国に広まった料理さ。もしかして食べるのは初めてかい?」

「王国にはなかった食べ物ですから。シン様はどうです?」

「私も食べたことがないな」

「なら食べていきな」

コロッケを紙に包んで、アリアとシンに手渡される。二人は目を見合わせると、恐る恐る噛り付く。口の中にジャガイモの甘さと、肉の旨味が広がっていった。

「どうだい、うちのコロッケは肉が多いから美味しいだろう?」

「とても美味しいな。アリアもそう思うだろ?」

「はい、皇国の人たちは美食三昧で羨ましいです」

お世辞抜きで美味だと感じる味だった。二人が満足げにしていると、女性店員は口を大きく開けて笑う。

「ははは、そうだろうとも。うちの自慢の商品だからね……でも王国にも美味しいものがあるじゃないか」

「王国を訪れたことがあるのですか?」

「旅行でね。王都のレストランで食事をしてから、王宮も観光してね。あれほど楽しい思い出は他にないよ」

「王宮ですか……」

「あら？　なにか嫌な思い出でもあるのかい？」

「以前、王宮で働いていたのですが、色々ありまして……」

王宮は豪華絢爛《ごうかけんらん》な建物で、アリアも初めて見た時は感動したし、ここが職場だと聞かされた時には感情が昂《たかぶ》った。

しかし内部で行われているブラック労働を知った今となっては、純粋な気持ちで称賛することはできなくなっていた。苦虫を噛み潰したような暗い感情が湧き上がってくるが、すぐに邪念を振り払う。

(折角の散財ですし、楽しくないと勿体ないですからね)

嫌な思い出は美味しい食べ物でかき消すに限る。残ったコロッケを平らげると、代金を支払うために硬貨を取り出すが、女性店員は首を横に振る。

「二人とも、お代はタダでいいよ」

「ですが……」

「私も王国の市場でご馳走になったからね。礼なら祖国の商人に言ってやっておくれ」

アリアたちは親切に甘える。ハインリヒ公爵のような例外もいるが、王国民には親切な人が多かった。悪くない国だったと、改めて祖国を誇りに思う。

「あんたたち、まだお腹は空いているかい？」

「コロッケを食べた後ですからね。次は甘い物が食べたいです」

「なら進んだ先にある果実店へ行ってみな。あそこの果物は絶品だからね」

「ご親切にありがとうございました」

礼を伝え、肉屋を後にする。二人はそのまま勧められた果実店へと向かう。

進んだ先の商店には木箱に林檎《りんご》や梨などの果物が飾られている。色味も綺麗で、サイズも大きい。自ずと期待も高まってしまう。

「いらっしゃい。うちの店は味に自信があるから、安心して買ってくれ」

髭面の店主が気さくな声で接客してくれる。外見は筋肉質で威圧感があるが、口を開いた彼は、思いの外、温和そうである。

「今すぐ食べたいのですが、そういった商品も置いていますか？」

「ならこれがオススメだな」

店主は氷で冷やされていた棒を引っこ抜く。その先にはパイナップルが刺さっており、黄金色の果実は陽光で輝いていた。

「ほらよ、銅貨一枚だ」

「ありがとうございます」

商品を受け取り、アリアは代金を支払おうと収納袋を取り出す。だが、彼女が銅貨を手渡す前に、シンが代金を支払っていた。

「さっきはご厚意でご馳走になってしまって、代金を支払えなかったからね。ここは僕に出させて欲しい」

「ですが……」

「折角のデートだ。アリアをエスコートしたいんだ」

シンの言葉に気恥ずかしさを覚えながらも、アリアは優しさに甘えることにする。店主から商品を受け取ると、ゴクリと息をのんでから果実に噛り付く。すると口の中に芳醇《ほうじゅん》な甘味が広がっていった。

（みずみずしい味わいで、頬が落ちそうです）

パイナップルは王宮でも稀にデザートとして出されたことがあったが、これほどの味に出会ったことはなかった。驚いていると、店主は自慢げに笑う。

「旨いだろう。なにせ産地は、あの第二皇子領だからな」

「果物の名産地なのですか？」

「果物だけじゃない。野菜や肉、魚まで第二皇子領で採れた食料は、他国でも高く評価されている。これもすべて、第二皇子様の手腕のおかげだ」

「凄い人なのですね」

「おう。人格者でな。かと思えば、王国の血が混じっているせいか、発想が奇抜で、いつも俺たちを驚かせてくれる」

第二皇子、つまりはシンの兄が、王国の血を引いていることにアリアも驚く。父親が皇帝だとすると、母親が王国の人間で、シンとは異母兄弟なのだろう。

「外見も男の俺が見惚れるほどの美男子で、嬢ちゃんと同じ金髪青目だ」

「王国の血が色濃く出ているのですね」

シンと兄弟なら顔が整っているのは間違いないはずだ。それに加えて金髪青目だ。頭の中で容姿を描くと、かつて森で倒れていた男のことを思い出した。

（私が蘇生させた、あの人は元気にしているでしょうか……）

折角、助けた命だ。できれば大切にして欲しい。そう願っていると、店主は店の奥から小さな木箱を運んでくる。

「とっておきの商品を紹介してやる」

木箱の蓋を開けると、大粒の苺《いちご》のような果物が収められていた。蓋を開けた瞬間に甘い匂いが漂ってきたことから、糖度が高いのは間違いない。

「第二皇子領で採れる果実の中でも、特別な希少種。『魔果《まか》』だ。甘味が強くてな。その旨さに涙する奴までいるほどだ。ただしとても高価でな。これ一粒で金貨一枚だ」

「そ、それは恐ろしいですね」

金貨一枚は成人男性が一日働いてやっと稼げる金額だ。果物一つに払う金額としてはあまりに高額である。

「だがそれだけの価値が、この魔果にはある。なにせ旨いだけでなく、食べると魔力の最大量まで増えるからな」

「そんなことが可能なのですか？」

「第二皇子の植物を操る魔術で品種改良した成果だそうだ。なんでも魔物討伐と同じ仕組みを採用しているとのことだ」

　魔物を倒すと、経験値を得たことで魔術師の最大魔力量が増加する。その法則をどうやって果物に適用したのかは分からないが、店主の口振りから嘘を吐いているとは思えなかった。

「その果物を頂こうか」

「シン様、さすがにそれをご馳走になるわけには……」

「でも興味があるんだろう？」

「ないといえば嘘になりますが……」

「なら折角の機会だ。食べてみるといい」

　シンが懐から金貨を取り出して料金を支払うと、店主は嬉しそうにアリアに魔果を手渡した。

（これが、金貨一枚……）

　ジッと見つめながら、恐る恐る魔果を口に近づけ、その先端を僅かに齧《かじ》る。

　その瞬間、練乳のような甘さが口いっぱいに広がる。苺のフレッシュな酸味も調和し、天に昇るような幸福に包まれる。

（こんなに美味しい苺がこの世にあるなんて……）

我慢できずに、残った苺を口の中に放り込む。大粒のため噛むのに苦労するが、溢れる甘味を体験しては、些末《さまつ》な問題だ。いつまでも食べていたい。そう思えるほどの味だった。

「最高でした……」

「だろ。滅多に入荷しない珍しい品だからな。嬢ちゃんはラッキーだったな」

在庫があるなら買って帰りたいくらいの味だ。魔力の最大量が増える話も本当で、アリアの肉体を纏う魔力が僅かに膨らんでいる。金貨一枚の価値は十分にあった。

「美味しい果物のおかげで満足できました。シン様、ありがとうございました」

「アリアが喜んでくれたなら、ご馳走した甲斐があったね」

満足げに微笑むシンの表情からは、心根の優しさが溢れていた。素敵な男性に成長したと改めて実感させられる。

「シン皇子！」

遠くから駆けてくる男の姿が目に入る。シンの家臣であり、屋敷で何度か見た顔だった。

「シン皇子、ここにいらっしゃいましたか」

「どうかしたのかい？」

「仕入れを手伝いに行って欲しいと、カイトさんに頼まれまして。応援に来ました」

食料の買い出しだけでも一人では大変だ。そのための配慮だろうと、アリアは察する。

「では、シン様。これからは別行動にしましょうか」

「折角のデートなのにすまない……」

「気にしないでください。もともと、一人で散策する予定でしたから」

寂しくないといえば嘘になるが、シンの買い出しの邪魔をするつもりもない。去っていく彼の背中が見えなくなるまで見送ると、果物屋の店主に問いかける。

「この先にも美味しいお店はありますか？」

「いいや、この先は第七皇子様が運営するエリアだからな。魔石や魔道具の販売がメインのはずだ」

「第七皇子様ですか……」

シンと魔物討伐で競い合っている男だ。アリアンを自分の部下として招こうとした経緯もあるため、危うきには近づくべきではないと考えながらも、シンの兄弟である第七皇子がどのような店を経営しているのか興味が湧く。

好奇心を抑えきれず、アリアは店主に礼を伝えると、通路を先に進んでいく。進むごとに活気はなくなり、客足も減り始めていく。これは扱っているものが魔石や魔道具だからだろう。食料品と比べれば高価なものが多く、購入する機会も少ないからだ。

（この店は魔石の販売店でしょうか）

店先には種類豊富な魔石が並べられている。馴染みのあるゴブリンの魔石は、特に扱ってい
る数が多いようで、山のように積まれていた。
（ゴブリンの魔石は需要が大きいですからね）
魔石は魔道具のエネルギー源となる。ランクの高い魔石ほど、より高度な魔道具を動かすこ
とができるが、一般市民の使う魔道具ならゴブリンの魔石で十分だ。だからこそ主に扱われて
いるのだろう。
「凄い量の魔石ですね」
店員の男に話しかけると、「どうも」と返事が返ってくる。顔は整っているが、目の下に浮
かんだ隈のせいで、折角の端正な顔立ちが台無しになっていた。
（昔の私みたいですね）
店員の男性に勝手に親近感を抱いていると、怪訝《けげん》な目を向けられる。
「僕の顔、やっぱり不気味かな？」
「いえ、そんなことは……」
「取り繕わなくてもいい。兄からも気味が悪いと馬鹿にされることがあるから……ただ僕から
すれば外見なんてどうでもいい。魔石を眺めているだけですべて忘れられるからね」
職人肌なのか俗世には興味ないと言わんばかりに、魔石を磨いている。目の下の隈も仕事に
熱中しすぎた結果なのかもしれない。

「あの、オススメの魔石はありますか？」

「うちの店の商品はすべてが最高だけど、一つを選ぶならサラマンダーの魔石だね」

看板商品なのか大きく飾られていたサラマンダーの魔石は、アリアが冒険者組合で買い取ってもらったものとは形が異なっていた。

（他の人が討伐した魔石なのでしょうか……）

魔石の仕入れルートは大きく三種類ある。

一つは冒険者組合を仲介としたもので、アリアのような冒険者が組合に売却し、その魔石を商店が仕入れる方法だ。

二つ目は、個人的に冒険者から買い取る方法だ。冒険者組合が間に入らないので、無駄な手数料を節約することができる。

そして三つめは自分で魔物を討伐する方法だ。魔石の仕入れコストを抑えることができるが、魔物を狩るための実力が求められる。

（でもサラマンダーを倒しているのは私以外だと二人だけですよね）

一人はシンで、もう一人は第七皇子だ。この魔石はそのどちらかが討伐した成果なのだろう。

「質の高い魔石だろ。サラマンダーの中でも、かなり大きな個体だったからね」

「ということは、あなたが討伐したのですか？」

「そうだね」

男は素っ気ない反応を返すが、アリアは驚きで目を見開いていた。

（まさか、この人が……）

疑問を口にしようとした時、邪魔するように鈴が鳴る。相手に合図を送ることができる魔道具の一種だ。

「悪いね、仕事だ」

店員の男は鏡を取り出す。そこに映し出されていたのは、彼の顔ではない。遠くの景色を投影しているのか、火を噴くサラマンダーの姿が映されている。

（あの鏡も魔道具ですね。でもこれでいったいなにをするつもりなんでしょう）

わざわざ鈴で合図を送ってきたのかだから、アクションがあるはずだ。期待していると、彼の肉体を魔力が包み込む。魔術発動の兆候だった。

彼は両手を合わせて祈りを捧げる。するとサラマンダーの動きが次第に悪くなり始めた。

「強敵はやっぱりしぶといね」

祈りを続けた結果、サラマンダーはついに身動きが取れなくなる。火を噴くのを止めたところを、刀を持った男たちが集団で襲った。

結果、サラマンダーは命を落とし、魔石へと変化した。鏡の投影もピタリと止まる。

「接客を中断して悪かったね」

「いえ……でも今のは？」

「僕の魔術は呪いの力でね。対象の顔を思い浮かべながら念じると、状態異常を引き起こせるんだ」

「それは恐ろしい能力ですね」

「色々と不便な部分もあるけどね。視認したことのある相手にしか使えないから、部下を通じて魔物の顔を映し出す必要があったりするしね……でもリスクを取るのが嫌いな僕には最適な能力だ。この力なら安全圏から魔物を討伐できる。臆病者の僕に相応しい能力さ」

　彼は自嘲するが、アリアはその能力を選んだセンスに感心していた。

「魔術は性格にあった力の方が高い効力を発揮します。遠距離から攻撃できるのは便利ですし、私は素晴らしい能力だと思いますよ」

　褒められると思っていなかったのか、彼は面食らったような表情を浮かべてから、口角を僅かに上げる。

「君、変わっているね」

「そうですか？」

「呪いの魔術を素晴らしいと褒める人は初めてだからね……皇子らしくないと馬鹿にされてきた力が褒められるのは悪くない気分だよ」

　皇子という言葉が彼の口から出る。シンの面影があるため、もしかしたらと薄々勘づいていたが、やはり彼が第七皇子だったのだ。

「もしかして僕が皇子だと知らなかったのかい？」

「実は……」

「なら改めて自己紹介するよ。僕はバージル。第七皇子だ」

「ではバージル様とお呼びしますね」

「別に呼び捨てでいいのに……」

不貞腐れるような反応にシンのことを思い出す。

「ふふ、反応がシン様に似ていますね」

「シンとも知り合いなの？」

「師弟関係です」

アリアはシンの師匠となった経緯や現状を説明する。すると彼は、アリアの存在を知っていたのか、驚きで肩を上げる。

「君がアリアか。シンから話は聞いているよ」

「仲が良いのですか？」

「昔はね。今は競い合っているから、良好と言えないけど」

バージルは感情を整理するように目を細める。彼も本心では争いを望んでいないのかもしれない。

「仲良くはできないのですか？」

「無理だね。僕は魔物討伐の成果で与えられる魔道具、〝千里眼の魔鏡〟を手に入れたいからね」

「争ってでも欲しい品なのですか？」

「超級の魔道具には国宝級の価値があるからね。金銭的価値は十分だ。でも求めているのは、その性能さ」

「性能ですか……」

「先ほど使っていた鏡は上級魔導具でね。使えば、遠くの位置にいる標的を映すことができる。でも距離に制限があってね。ここからなら、皇都の外壁近くまでが効果範囲なんだ。でも〝千里眼の魔鏡〟は、距離制限がない。それこそ僕は領地に引きこもりながら、外国の魔物討伐をサポートできるようになるんだ」

　バージルの魔術と組み合わされば鬼に金棒だ。ただ貴重だから求めているわけではないため、彼も退くに退けないのだと知る。

「シンには悪いけど、この競争は僕が勝つよ」

「いいえ、シン様は負けません」

「随分とシンに入れ込んでいるんだね」

「大切な人ですし、お世話にもなっていますから」

　屋敷で客人としてもてなしてくれているシンには恩義がある。バージルには悪いが、アリアはシンに勝って欲しいと望んでいた。

「お世話なら僕がしてもいいよ。給料も出そう。僕の家臣にならないかい？」

「本気ですか？」

「本気だとも。君は僕に似ている。仲間にしたいと願うほど、君のことを気に入ったんだ」

その言葉に嘘はないだろう。彼は本心でアリアを引き込みたいと願っている。しかし彼女の答えは決まっていた。

「ありがたい申し出ですが、お断りします」

きっぱりと断りを入れると、バージルは困ったように眉を落とす。このまま留まると情に流されるかもしれない。アリアは頭を下げてから出口の方角へと走り出した。

彼女にはやるべきことができたのだ。

（重要な情報が手に入りましたね）

第七皇子の家臣たちは外壁周辺で狩りをしている。つまり離れた位置までいけばライバルがいないのだ。

（このチャンスを活かさない手はありませんからね）

アリアはシンの勝利に貢献するために走り続ける。早起きした甲斐があったと、口元に笑みが浮かぶのだった。

●●●

バージルから役に立つ情報を手に入れたアリアは、さっそく魔物の森へと足を運んでいた。

外壁から一時間ほど歩いた位置には他の冒険者の姿もなければ、過去にいた形跡もない。これはバージルの家臣たちがいないだけが理由ではない。

実力に不安のある冒険者たちは、万が一の時に救援が来る望みに懸けて、外壁の傍から離れないからだ。

つまりは誰もいない狩り放題の状態である。

（特にランクDの魔物が手付かずなのはありがたいですね）

バージルの店にはサラマンダー以外にもランクDの魔石が商品として並べられていた。彼らに討伐された分、絶対数は減ってしまうため、発見するのも討伐も困難になる。ライバルがいない恩恵は大きい。

「さて、いきますよ、ギン様、シルフ様」

頼りになる相棒たちを召喚し、索敵をお願いする。数分後、シルフからの念話が届いた。

《マスター、ランクDの魔物を発見しました》

相棒たちと合流し、アリアは魔物のいる地点へと向かう。そこには巨大な岩石で肉体が覆われた怪物――ロックジャイアントの姿があった。

（これは強敵ですね）

見上げるほどの巨躯に、硬い肉体。頭に弱点があり、そこさえ破壊できれば倒せるが、四肢は破壊されてもすぐに土の魔術で修復する厄介な相手だ。

（でも負けるわけにはいきませんね）

ギンに頭部を攻撃するように指示を出すと、ロックジャイアントの身体を駆けあがり、頭に牙が届く位置にまで辿り着いた。

（ギン様ならやれるはずです！）

その期待に応えるように、ギンの牙がロックジャイアントの頭に突き刺さる。だがヒビが入るだけで貫通するまでに至らない。

（ギン様の攻撃力でも倒せないなんて……）

防御に特化した魔物だからなのも理由だろうが、それだけではない。ロックジャイアントは今まで倒してきたランクDの魔物よりも上位種なのだ。

（同じランク帯でもその中で強弱がありますからね。油断しました）

ロックジャイアントはギンを掴むと、そのまま地面に叩きつける。落下の衝撃を受け流すようにギンは地面を転がる。無傷とまではいかないが、大きなダメージは負っていない。

「ギン様、一旦退いて作戦を――」

アリアが言い終えるよりも前に、ロックジャイアントは土の魔術で巨大な腕を地面から生成する。

　生えてきた腕はまるで意思でもあるかのように、拳を握ってギンへと振り下ろした。地面を砕く音と共に砂埃《すなぼこり》が巻き上がる。

「ギン様！」

　心配で声をかけるが、ギンの姿はない。どこにいったのかと視線を巡らせると、ロックジャイアントの頭上で改めて牙を突き立てるギンの姿が見えた。

（ギン様はまだ諦めていません。私が逃げては駄目ですね）

　頭を巡らせ、硬い装甲を打ち破る手を考える。そして脳裏に閃《ひらめ》きが奔《はし》った。

「シルフ様、炎と水で頭部を攻撃してください」

　アリアの指示に従い、シルフは魔力を消費して、炎と水の弾丸を宙に浮かべる。その照準をロックジャイアントの頭部に向けると、ギンに当たらないように注意して発射する。

　放たれた炎が岩で覆われた頭部を焼き、次弾の水が冷却する。急激な温度差で、頑強な頭部にもヒビが入った。

（これなら割れそうですね）

　石が硬いのは結晶構造をしているためだ。熱を加えて膨張させ、冷やすことで収縮させると、ゆがみが生じて脆《もろ》くなる。アリアはその仕組みを利用したのだ。

「ギン様、壊れやすくなった部分を狙ってください」

シルフの頑張りに報いるように、脆くなった頭部に牙を突き刺す。先ほどと違い、その一撃はロックジャイアントの頭に深く突き刺さった。

「グオオオオオッ」

ロックジャイアントが雄叫びをあげながら膝から崩れ落ちる。巨躯が倒れると、そのまま魔素になって霧散した。

「やりましたね、ギン様！」

「にゃ〜ご！」

駆け寄ってきたギンの頑張りに報いるためにギュッと抱きしめる。モフモフとした肌触りに包まれながら、大きな成果を得られたことに達成感を覚える。

（ロックジャイアントの魔石があれば土の魔術を取得できますね）

アリアは嬉しそうに土色の魔石を拾い上げる。土魔術は応用の利く力だ。便利な能力の取得に小さな笑みを浮かべていると、遠くから地響きが聞こえてきた。

（いったいなんの音でしょうか？）

音は次第に大きくなり、その正体が明らかとなる。ロックジャイアントの群れが近づいてきたのだ。最後の雄叫びが仲間を呼ぶためのものだったのだと、今になって気づく。

（でもある意味で幸運ですね）

ロックジャイアントの攻略法は分かっている。今なら狩り放題だ。

「ギン様、シルフ様、行きますよ」

アリアはロックジャイアントへと立ち向かう。頼りになる仲間たちのおかげで、一抹の不安さえ感じることはなかった。

●●●

ロックジャイアントの大群との死闘を終えたアリア。無事、すべての敵を倒した彼女は、討伐報酬を受け取るために冒険者組合へと向かっていた。夕日で照らされた石畳を歩きながら、成果に満足して笑みを零す。

（大量の魔石が手に入りましたね）

すべてランクDの魔石だ。報酬は期待できる。

さらにロックジャイアントの魔石があれば、シルフに土魔術を取得させられる点も大きい。戦力の強化だけでなく、叶えたい夢への可能性が開かれたことを意味していたからだ。

（いつか家庭菜園をやりたいと望んでいましたが、現実味を帯びてきましたね……土魔術が使えると効率が変わってきますから……）

食に拘るアリアだ。野菜や果物も理想を追い求めたい。そのための家庭菜園だ。

（魔果に並ぶ味を再現したいものですね）

アリアは市場で食べた苺に似た果物の味を忘れられずにいた。もし自分で作れるようになれば、毎日だって食べられる。あの味の再現に挑戦するために必要な魔術を得たことが、彼女にとって最大の収穫だった。

（魔果を育てられるようになったら、シン様にもご馳走してあげたいですね）

魔果は苺に似ているため、ショートケーキやタルトなどのデザートに利用できる。毎日の食卓はより充実したものになるはずだ。

（考え事をしていると、到着するのも早いですね）

いつの間にか冒険者組合へ辿り着いていた。扉を開けると、客の姿がちらほらとうかがえる。カウンターへ向かうと、いつもの受付嬢が出迎えてくれる。

「いらっしゃい。今日も魔物を討伐してきたのね」

「今回は大量なので、きっと驚くと思いますよ」

「今までも十分に驚いてきたし、耐性はできているわ。さぁ、魔石を見せて頂戴」

「では……」

アリアは収納袋から取り出した魔石の山をカウンターの上に積む。その量にさすがの受付嬢も腰を抜かしそうになっていた。

「こ、これを、一人で全部倒したの？」

「はい。少なかったでしょうか？」

「十分すぎるくらい多いわよ！」

受付嬢はカウンターに積まれた魔石の一つ一つをルーペで入念に確認していく。そのたびに驚きで目が見開いていく。

「まさかこの魔石、すべてロックジャイアント？」

「そうですよ」

「ランクDの魔物の中でも上位種をよくこんなにも大量に倒せたわね」

「相性がよかったおかげです」

シルフの炎と水の魔術があったからこそ勝てた相手だ。もしこの力がなければ、もっと苦戦を強いられていただろう。

鑑定が終わったのか、受付嬢はルーペを机の上に置く。

「素晴らしい成果だわ。まずポイントね。これで、あなたのランキングは三位に上昇よ」

「とうとうここまで来ましたね」

アリアより上の人間はもう二人だけだ。ランキング二位はシン、一位はバージルである。

「あなたも含めてトップ3は怪物ばかりね」

「怪物ですか？」

「四位以下とはポイントに雲泥《うんでい》の差があるもの。まぁ、それも当然ね。なにせあなたたち、三人だけがランクDの魔物を倒せるんだから」

ランクに応じて得られるポイントは大きく差がある。だからこそアリアは魔物討伐の競争に途中参加したにも関わらず、三位に躍り出ることができたのだ。

「四位はカイト様なんですね」

「第八皇子の派閥よね。ランクEを地道に倒すことで功績を上げてきた努力家ね」

「第五位は謎の武術家Xさんですか……」

「いったいどこの誰なんでしょうね」

所属の記載がない上に、本名でもないため特定は難しいだろう。謎は深まるばかりだ。

「魔石もすべて買い取りでいいかしら？」

「一つだけ持って帰ります。残りはすべて売却で」

「なら報酬の金貨はこれね」

革袋に大量の金貨が詰まっている。受付嬢のことを信頼しているため、収納袋にそのまま仕舞う。枚数のチェックは後からでもいい。

「では、お世話になりました」

受付嬢に礼を伝えて去ろうとする。その時だ。一人の男が近づいてくる。

「受付嬢との会話は聞かせてもらった。あんたがアリアンだな？」

高圧的な態度の男をアリアは知っていた。バージルの家臣で、かつてオークを討伐したからと列に割り込んできた男だ。

「第七皇子様があんたにご用命だ。付いてきてもらおうか」

有無を言わさぬ命令口調で告げられる。拒否するべきか悩むが、カウンターに積まれた魔石を見られた以上、アリアンではないと否定することもできない。

「いいですよ。ただし私の時間を無駄にしないでくださいね」

「もちろんだ」

アリアが大人しく従うと決めたのには理由がある。

（シン様にとって有益な情報が得られるかもしれませんからね）

わざわざ呼び出すほどの用件に期待しながら、アリアは男に先導されるのだった。

●●●

バージルの屋敷へと案内されたアリアは、その厳威ある外観に圧倒される。

屋敷内へと案内されてからも感嘆の連続で、王国の文化も取り入れつつ、和のテイストを維持した和洋折衷建築に目を惹かれてしまう。赤絨毯《じゅうたん》が敷かれた洋風の廊下と、窓の外に広がる和風の庭園が上手く調和していた。

「この先に第七皇子様がいらっしゃいます」

男が扉を開けると、その先は食堂になっていた。白いテーブルクロスが敷かれた長机に料理が並べられ、バージルが既に腰掛けていた。

「まさか君がアリアンなのか……」

案内されたアリアに驚き、バージルは目を見開く。

「今朝に会って以来ですね」

「あの時は君がアリアンだとは知らなかったけどね」

アリアは促されるままにバージルの対面にある椅子に腰掛ける。目移りするほど豪華な料理が並べられているが手を伸ばそうとは思わない。小さなことでも借りを作りたくないからだ。

「まずはおめでとう。ランキング三位だね」

「バージル様はランキング一位ではありませんか」

「僕はずっと一位さ。このまま誰にも負けるつもりもない。でも派閥同士の争いは個の戦いではないからね。君がシンと手を組むと非常に厄介な事態になる」

「それが呼び出した用件ですか？」

「ああ。だから改めて伝えよう。我らの仲間になって欲しい」

「申し訳ございませんが、私の答えは変わりません」

「知っている。だから交渉の材料を用意した」

バージルが合図すると、使用人によって料理が下げられる。代わりに金貨の山がテーブルの上に積まれていく。その金額はアリアが見たことのないほどの大金だった。

「金貨一万枚だ。君にはこれだけの価値があると判断した」

元々、安月給でこき使われてきたアリアだ。高額でスカウトされて悪い気はしない。しかしお金よりも大切なものがある。アリアはゆっくりと首を横に振った。

「ありがたい申し出ですが、お断りします」

「なぜだ⁉　これほどの大金だぞ」

「それでも、シン様は大切な人ですから……」

アリアの意思は固いと悟ったのか、バージルは黙り込んで目を閉じる。そして覚悟を決めたようにゆっくりと瞼《まぶた》を開く。

「君がシンに味方をすると僕らは負ける。でも僕は負けるわけにはいかない。だから……手段を選ぶのはもう止めるよ」

「私を無理矢理に従わせますか？」

相手がその気ならアリアも躊躇しない。ギンやシルフを召喚すれば、逃げることは造作もないし、バージルを倒すこともできる。

「まさか。僕は君のことを気に入っている。傷つけたりするものか」

「そうですか……」

「でも君はきっと後悔する。あの時、僕に従っておけばよかったと悔やむはずさ」

バージルが手を鳴らして、使用人に帰宅の合図を告げる。彼の言葉に不安を残しつつも、アリアは屋敷を後にする。この選択がどのような結末を生むのか、この時の彼女はまだ知らなかった。

●●●

バージルと別れたアリアは、シンたちの住む屋敷へと帰宅する。シンの屋敷も十分に広いが、バージルの屋敷と比較すると狭いと感じてしまう。まるで二人のパワーバランスを表しているかのようだった。

(でも私がいればシン様は勝てます)

二人三脚でランクDの魔物を狩り続ければ、バージルを超えることもできるはずだ。

「ただいま帰りましたー」

屋敷の扉を開いて、玄関で声をかけるが反応はない。またカイトが部下たちを連れて修行に出かけたのだろう。

(リン様はどうでしょうか？)

客間を訪れてみるが、リンもいない。最近、顔を見かける機会も少ないので、門限のギリギリまで魔物狩りに勤しんでいるのだろう。

(でもシン様はいるはずですよね)

昨日と同様、料理をしているのではと台所に顔を出すが、彼の姿はない。居間や食堂でも見つけられなかった。

(シン様も外出中なのでしょうか……)

そう結論付けようとした時、すすり泣く声が聞こえてくる。声の出所を探ると、そこは医務室だった。

扉を開けると、布団でシンが眠っていた。取り囲む家臣たちが、嗚咽を漏らしたり、肩を揺らしたりしている。カイトもまた神妙な顔付きで、シンに寄り添っていた。

「シン様はどうかされたのですか？」

「アリアさん……実はシン皇子の体調が……」

カイトが事情を説明してくれる。

魔物討伐から屋敷に帰ってきたシンは、いつものように料理をしていた。すると急に倒れ、呼吸が荒くなったのだという。発熱もあり、平常な状態とはいえず、皆で看病に勤しんでいるのだという。

「そうだ、アリアさんの回復魔術なら！」

皆から期待混じりの視線が向けられる。ここで活躍しなくては聖女の名が廃ってしまう。

アリアはシンの傍にちょこんと座ると、彼の額に手を乗せる。火傷しそうな体温が手の平に広がった。

「任せてください。私が必ず治してみせますから」

アリアは回復魔術を発動させ、魔力を癒しの輝きへと変換する。光に包まれたシンの顔色は次第によくなっていく。その様子に家臣たちもほっと胸を撫でおろした。

「これで治療は完了です。今は疲れて眠っていますが、すぐに目を覚ますはずです」

「さすがはアリアさんだ。本当にあなたが屋敷にいてくれて助かりました」

シンに対する人望がそのままアリアへの感謝へと変わる。彼女にとってもシンは大切な人だ。今日、この場にいられた幸運を感謝する。

（でもどうして体調が悪化したのでしょうか？）

シンだけを狙い撃ちしたかのような症状に、アリアは一抹の不安を覚える。なにかを忘れているような焦燥を覚えた時、答えが明らかになった。

「アリアさん、シン皇子の顔色が！」

「また悪くなっていますね……でも、どうして……」

回復魔術で症状を完治させたはずだ。つまり現状の体調不良は治った直後に引き起こされたものである。その謎の正体にアリアは心当たりがあった。

「バージル様の魔術によるものですね……彼の能力は対象を思い浮かべて念じれば、状態異常にできるというもの。シン様はその呪いが原因で体調が悪化しているんです」

「第七皇子がそんな真似を……その呪いはアリアさんの回復魔術でも解除できないんですか？」

「いえ、一度は完治したんです。しかし治ったことをバージル様が検知できるのでしょう。治っても改めて呪いをかけることで無力化できない呪いを実現しているんです」

魔術は魔力消費量を増やすことで、基本となる効果に追加機能を設定することができる。

バージルは自分の魔術の特性を理解し、検知の仕組みを導入したのだ。魔術師として、高位の力を持つ相手だと改めて実感させられる。

「第七皇子を倒しに行こうぜ！」

「そうだ、シン皇子の仇《かたき》を打つんだ！」

「報復しないと気が治まらないぜ！」

殺気立つ家臣たちは立ち上がるが、カイトだけは座り続けている。歯を食いしばっていることから、湧き上がる怒りに耐えているのだと伝わってくる。

カイトは家臣たちに視線を配ると、唇を震わせながらゆっくりと口を開く。

「駄目だ……第七皇子への報復は許されない」

「カイトさんは悔しくないんですか!?」

「悔しいに決まっているだろ！　だが相手は皇子だ。報復なんてしたら、シン皇子の立場が悪くなる。意趣返しするなら正々堂々とやるしかないんだ！」

正々堂々とは言うまでもなく、魔物討伐のポイント競争に勝利することを意味していた。

だがカイトの言葉を受けても、家臣たちは意気消沈したままだ。その理由には簡単に察しがついた。

（シン様がいないとランクＤの魔物を狩れませんからね）

ランクごとに手に入るポイントは大きく変動する。シンを失っては事実上の敗北だと、家臣たちは半ば諦めていたのだ。

しかしカイトだけは心が折れていなかった。立ち上がり、家臣たちを見据える。

「シン皇子に頼り切って、情けないと思わないのか⁉」

「ですが、カイトさん。現実に――」

「努力すればいい。少なくとも私は勝負の前に諦めるような真似はしたくない」

「カイトさん……」

彼の鼓舞が効いたのか、家臣たちは申し訳なさそうに俯く。彼らも諦めたくはないのだ。だがランクＤの魔物の強さを知っているからこそ、理性が諦観を生んでしまっていた。

「カイト……」

「シン皇子！」

目を覚ましたのか、シンは起き上がろうとする。顔色の悪さから、まだ体調は悪化したままのはずだ。仲間たちのために無理して身体を動かそうとする彼を、カイトが諫める。

「シン皇子はまだ寝ていてください」

「だが私がいないと……」

「心配しなくても、我々がなんとかします。だから……」

それが強がりであることは誰の目からも一目瞭然だ。このままではシンは自分の身体に鞭を打ってでも働こうとするだろう。

大切な人にそんな無茶はさせられない。アリアは覚悟を決める。

「ランクDの魔物なら倒せますよ」

「アリアさん……シン皇子に無茶をさせるわけには……」

「いえ、シン様には休んでもらいます。ランクDの魔物を討伐するのは私です」

「そんなことできるはずが……」

「いえ、できます。ランキング三位、アリアンの正体は――私ですから」

アリアは弟子の窮地を救うため、秘密を暴露する。その瞳に迷いはなかった。

アリアンの正体は自分だと名乗り出たことで、医務室は静まり返る。彼女の言葉をありのまま受け止めた者は驚愕し、信じられない者は疑念で口を閉ざしたからだ。

「いやいや、なにを言っているんですか、アリアさん。その説は否定されたではないですか」

静寂を壊すように、カイトは恐る恐るアリアの告白を否定する。

「アリアさんは回復魔術の使い手です。魔術は一人一種のみが原則です。魔物を使役する能力を使えるはずがありません」

「詳細は省きますが、実はあれも回復魔術の応用なのです」

「応用ですか……」

「百聞は一見に如《し》かずと言いますし、実際にお見せしますね」

アリアは収納袋からシルフの魔石を取り出す。ギンではサイズの問題で、医務室が圧迫されてしまうためが故のチョイスだ。

魔石に魔力を込めて、癒しの力で復活させる。つぶらな瞳に、蝶のような虹色の羽、可愛らしい少女の顔をした魔物が召喚される。

「まさか……本当に……」

驚きでゴクリと息をのむカイト。その後、すぐに彼の頬が赤く染まる。その反応の意味をアリアも察する。

（カイト様の初恋の相手はアリアンだと話していましたからね……でも正体が私だと知ったのですから。きっと恋も冷めるでしょう）

窮地を救われたことに対する憧れから生まれた恋だ。正体を知らなかったからこそ脳内で美化されていた部分も大きいだろう。等身大のアリアを知っている彼ならきっと新しい恋を探すはずだ。

「やっぱりアリアンの正体は君だったんだね」

「シン様にはやはり気づかれていましたか……」

「アリアが魔術師として優秀だと知っていたからね。アリアンという名前を考慮しても、さっと君だろうと勘づいていたよ……」

シンはそれだけ伝えると、何度か咳《せ》き込んだ後に意識を失う。呪いに対し、無理をしていた証拠だ。彼を救うためには早急に手を打つ必要があった。

「カイト様、話を戻しましょう」

「そうですね……」

シンを失い、状況は窮地に追い込まれている。カイトも改めて現状を認識し、冷静さを取り戻す。

「シン様を呪いから救うには、この競争を終わらせる必要があります。しかも負けて終わるわけにはいきません。シン様のためにもバージル様に勝たなければなりません」

「ただそのためにはどうすれば……」

「私ならシン様と同じランクDの魔物を狩ることができます。勝算は十分にあるはずです」

「勝つ可能性はゼロではなくなったと思います。ですが……」

「まだ低いと？」

「はい。第七皇子にはこれまでの積み重ねがあります。そのポイントの累計は我らより遥《はる》かに多い。簡単に追いつくことはできません」

特にアリアは競争に途中参加している。同一条件で戦えば、どうしても先行しているバージルが有利になることは避けられない。

「なら選択肢は一つしかありませんね」

「まさか……」

「そのまさかです。ランクＣの魔物を倒しましょう」

家臣たちがざわめき始める。その反応は、ランクＣの魔物が如何に強敵かを証明しているかのようだった。

「アリアさん、あなた正気ですか？」

「無理だと思いますか？」

「倒せるはずがない！　ランクＣの魔物はランクＤと比較にならない力を持つ。それこそシン皇子でも倒せるかどうか……」

「それはつまり、力が拮抗《きっこう》しているバージル様でも倒せないということではありませんか？」

「それはそうですが……」

つまりランクＣの魔物さえ倒せれば、バージル超えが現実味を帯びてくる。時間のハンデを覆せるほど、上位ランクの魔物を討伐した功績は高く評価されるからだ。

「あ、でも、アリアさんなら楽に倒せるのか……なにせランクＢのシルバータイガーを使役していましたからね」

「その件ですが、ギン様は全力で戦うことはできませんよ……生前のランクＢの実力を発揮するには私の魔力が足りませんから」

「私を救ってくれた時の、あの力でも全力ではないのですね……」

「はい。さらに肉体強度だけでなく、今のギン様は生来の魔術を使うこともできません。私のためにハンデを背負って戦ってくれているんです」

本来のギンの力を引き出しさえできれば、ランクCの魔物でさえ瞬殺できる。全盛期の力を引き出せてあげられない無力感に、アリアは奥歯をギュッと噛みしめた。

「だから少しでも勝算を高めるために、私は魔物狩りを続けます。カイト様たちには、その間、ランクCの魔物を探して欲しいのです」

どれだけ実力を高めても、お目当てのランクCがどこにいるか分からなければ意味がない。人数が多い彼らには、人海戦術で目標を探してもらうことにする。

「我らの役割は承知しました。それで、アリアさんは、いつランクCの魔物を討伐するのですか?」

「ランクCの魔物を討伐できれば、バージル様がどれほどポイントを積み重ねたとしても一気に逆転できるだけの膨大なポイントを得られますから。鍛える期間を長くするためにも、できれば期限の最終日が望ましいですね」

「なら今月末が決行日になりますね」

丁度、今から二週間後が期限だ。猶予は少ないが、泣き言を口にしてはいられない。

「皆さん、まだチャンスはあります。だからどうか、私を信じて付いてきてください!」

アリアが頭を下げると、家臣たちは逆境を覆す気力を湧き上がらせるために、一斉に雄叫びをあげた。誰一人として諦めていない。アリアと共に勝利できると、全員が信じていた。

（シン様は本当によい仲間を持ちましたね）

アリアはシンの頭を優しく撫でる。柔らかい髪の感触を手の平に感じながら、彼の役に立ちたいという気持ちを膨らませていく。

アリアの心の中でシンの存在が大きくなっていくのを自覚しながら、口元に笑みを浮かべる。

（後は私に任せてください！）

その思いが伝わったのか、シンの口元にも笑みが浮かぶのだった。

幕間　～『海上列車とハインリヒ公爵』～

アリアがシンの代わりに皆を率いて戦うと決意する一方で、ハインリヒ公爵は皇国行きの海上列車に乗るため駅にいた。

駅には人が溢れている。王国への旅行から祖国へ帰るためだろう。その光景が気に入らないのか、ハインリヒ公爵は不機嫌そうに額に皺を寄せる。

（皇国の猿どもが……生意気に王国へ旅行とは腹立たしい……）

ハインリヒ公爵は差別意識の強い人物であり、王国貴族以外は獣同然だと認識していた。もちろん必要なら人格者の仮面を被る知恵はある。だが相手の立場が下であれば、ぞんざいに扱うことに抵抗はなかった。

「おい、そこの貴様！」

「私でしょうか？」

「なぜ私が二等車両なのだ！」

ハインリヒ公爵は紺の制服に身を包んだ駅員を怒鳴りつける。駅員は彼の格好から王国貴族だと悟ったのか、困り顔で頭を下げる。

「申し訳ございませんが、一等車両は貸し切りなのです」

「私は公爵だぞ！」

「貸し切られているのは第二皇子様ですので」

「うぐっ……」

公爵と皇子。しかも相手は下位の皇子ではなく、序列第二位の皇子だ。公爵よりも権威は上であり、無理を通して一等車両に乗車することは難しい。

（だが二等車両には平民が乗り合わせる。長時間、同じ空気を吸うことに耐えられそうにない……）

ハインリヒ公爵は自分が選ばれた人間だと自負している。だからこそ、平民と対等の扱いに耐え難い屈辱を覚えるのだった。

「揉《も》め事かい？」

「これは第二皇子様！」

第二皇子と呼ばれた青年は、金の髪と青の瞳に加え、整った顔立ちに品性が滲んでいた。服装こそ皇国民と同じだが、顔の特徴は王国民のもの。駅員の敬うような態度から、尊敬されていることが察せられた。

「こちらの公爵様が一等車両に乗せて欲しいと」

「構わないよ。ご一緒しようじゃないか」

「よろしいのですか⁉」

「ははは、僕はそれほど狭量な人物に見えるかな？」

「い、いえ、そのようなことは……」

第二皇子が納得しているならと、ハインリヒ公爵の同乗が許される。彼は幸運に感謝し、伴って一等車両に乗り込む。

余裕ある空間に、赤と白で彩られた座席が並んでいる。先客として武装している皇国の兵士が乗り合わせているが、彼らはすべて第二皇子の護衛だろう。

「皇子、そちらの方は？」

護衛兵の一人が訊ねると、第二皇子は困ったように「あ～」と声をあげる。

「そういえば互いの自己紹介がまだだったね。僕はアレックス。皇国の第二皇子で、母は君と同じ王国の出自だ」

「私はハインリヒ。公爵です」

「聞いたことがある名前だ。有名な人なんだね」

「ふふ、私の勇名がまさか皇国にまで轟《とどろ》いているとは思いませんでした」

皇国を見下してはいるが、皇子に名前を知られていて悪い気はしない。ふふんと、鼻息を荒くしていると、思い出したようにアレックスは手をポンと叩く。

「そうだ、アリア様の元婚約者だ」

「アリアをご存知なのですか⁉」

「知っているとも。なにせ僕は彼女に命を救われたからね」

「そ、その話、詳しくお聞きしても」

ハインリヒ公爵が食いついたのは、皇国でアリアを見つける手掛かりになるかもしれないと思ったからだ。

「その話をするなら長くなる。まずは座ろうか」

ハインリヒ公爵は促されるままに座席に腰掛ける。さすがに一等車両だけあり、沈むように柔らかい。

「では本題に入ろうか。僕がアリア様に救われた経緯だよね？」

「はい、できればアリアがどこにいるかもご存知であればお聞きしたい」

「隠す理由もないから教えるよ。ただし条件がある」

「条件？」

「君がアリア様を王宮から追放した理由を説明してもらおうか」

アレックスは柔和な笑みを崩さないまま、彼を見据える。その優しげな笑みにハインリヒ公爵は恐怖を感じながら、第二皇子のアレックスからの質問にどう答えるべきかと頭を悩ませる。

（真実を語るべきか、それとも嘘を吐くべきか……）

真実を語った場合、それが不興に繋がるかもしれない。最悪の場合、護衛兵の脅威に晒《さら》されるかもしれない。

嘘を吐く場合、アレックスが真実を知らないことが前提だ。ハインリヒ公爵の名前を知っていた以上、アリアを追放した理由を把握した上で鎌をかけている可能性もある。

(悩んでも答えは出ないか……)

ハインリヒ公爵は真実を語るしかないと覚悟を決める。

「私がアリアを追放したのは真実の愛に目覚めたからです」

「つまり別に好きな人ができたと?」

「はい。しかしアリアは私を愛し続けていた。その彼女が王宮に残り続けては苦しめてしまう。だからこそ追放という手段を選択したのです」

同じ職場で元恋人が働いているのは心苦しいものだ。ハインリヒ公爵なりの優しさだったと説明すると、アレックスは含みを持たせた笑みを浮かべる。

「君の主張は理解できたよ。こちらの調査とも矛盾はないようだね」

やはり試していたのだと知り、心臓が早鐘を打つ。嘘を吐かなかった自分を褒めてやりたくなった。

緊張で手の平が汗でびっしょりと濡れる。車内は静まり返るが、その静寂を打ち消すように列車が汽笛を鳴らして発車した。

「楽しい国だったが、これで見納めか」

アレックスは窓の外を眺めながら、感慨にふけていた。その思いがどのようなものなのか、ハインリヒ公爵は読み取れない。

「よし、大切なのは過去よりも未来だ。いつものを用意してくれるかな」

踏ん切りがついたのか、アレックスは部下に命令を下す。するとクロスの敷かれたテーブルが運ばれ、そこに多種多様な弁当が並べられた。

「話をするなら、食事を取りながらにしよう。ここの駅弁は絶品なんだ」

「駅弁ですか……皇子がそのような庶民の食べ物を……」

「庶民も皇族もないさ。美味しいものは美味しい。それにここの駅弁は僕らの商店が販売している商品でもあるんだ」

「皇子の店ですか⁉」

庶民と口にしてしまったことを焦るが、アレックスに気にした素振りはない。心を落ち着かせていると、アレックスは箸を差し出した。

「是非、君の感想も聞かせて欲しい」

「私でよければ……」

庶民の食べ物に抵抗があるものの、断るほど空気が読めないわけではない。勧められるままに箸を受け取り、テーブルの上に視線を巡らせる。どれを選ぶかで悩むが、最終的には自分から最も遠い壺《つぼ》型の弁当を選択する。

蓋を開くと、細かく刻まれたタコが盛りつけられている。具材の下には炊き込まれたコメが詰められていた。

（この料理は食べて問題ないのか？）

頭に過ったのは毒の可能性だ。命の恩人を追放した悪党に報復を考えてもおかしくはない。

「食べないのかい？」

「い、いえ……」

だが手を付けなければ、護衛兵に殺されるかもしれない。

（ええい、ままよ）

ハインリヒ公爵は覚悟を決めて、タコと炊き込まれたコメを箸で掴んで口の中に放り込む。

（こ、これは……美味い！）

プリプリとしたタコの食感と、醤油の染みたコメが上手く調和している。毒の痺《しび》れもなく、気づくと完食していた。

「さすが皇子の店で作られた品です。とても美味でした！」

「僕の商店でも売れ筋だからね。当然さ」

ハインリヒ公爵の反応に満足したのか、アレックスは微笑を浮かべる。王国の貴族にも受け入れられる味だと、確証を得たからだろう。

「さて、僕がアリア様に命を救われた話に移ろうか……実はね、僕は裏切りによって一度殺されているんだ」

「そこをアリアが蘇生したのですか？」

「ご明察。世界でも死者の蘇生ができるのは彼女だけだからね。意識はぼんやりとしていたけど、今でも、美しい顔を思い出せるよ」

　この情報はハインリヒ公爵にとって朗報だった。やはり彼女は皇国にいると確証を持てたからだ。

「僕はアリア様にお礼を伝えたくて、王宮に赴いたんだけどね。残念ながら会えなかった。彼女はまだ皇国にいて、弟の屋敷にいたんだ」

　王国民が長期滞在するケースは珍しいため、彼はアリアが皇国に短期の旅行で訪れていたと誤解してしまったのだ。行き違いを解消するため、彼は皇国へ帰還しようとしているのだと続ける。

「弟とは、第八皇子のことでしょうか？」

　ハインリヒ公爵はアリアが第八皇子のシンを弟子にしていたと知っているため、彼女が身を寄せるなら彼だろうと予想した。しかしアレックスは首を横に振る。

「部下の報告によると、冒険者組合から第七皇子バージルの屋敷へと向かったそうだ……ふふ、居場所さえ分かれば、こちらのもの。礼を伝えてから、僕の妻となって欲しいと請うつもりだ」

「はぁ⁉」

「それほど驚くことかな？」

「い、いいえ、アリアに恋愛感情を持っているとは思わなかったもので……」

「あれほどの美人だ。それに命を救われた恩もある。僕が妻にしたいと願うのも当然だと思うが？」

「で、ですが……」

「どちらにしろ、君に否定する権利はないよ。なにせアリア様とは婚約破棄をしたのだろう。なら今の彼女はフリーだ。僕にだって言い寄る権利はある」

「うぐっ……」

アレックスの正論に、ハインリヒ公爵は黙り込みながらも思考を回転させる。なんとか自分がよりを戻そうとしているかを知られずに、彼の邪魔ができないかを思案し、一つの答えを出す。

「屋敷を訪問したら、さっそくアリアに言い寄るつもりですか？」

「その予定だね」

「忠告ですが、それは止めたほうがよい。アリアは奥手な性格ですし、ロマンチストでもあります。偶然の出会いや、自然な恋愛を望みますから」

「焦りすぎると遠回りになるということか……有意義な情報だね。助かるよ」

「いえいえ、一等車両に乗せて頂いた恩返しですよ」

ハインリヒ公爵は内心で嘲笑しながらも愛想笑いを崩さない。アレックスがゆっくりとアプローチしている内に、彼はアリアとのよりを戻す算段だった。

（正直、こいつは容姿が整っているし、財力や権力も申し分ない。ライバルになると厄介だからな。自然な出会いを追い求め続けてもらうとしよう）

やがて海上列車はスピードを緩めて、皇国へと到着する。車両から降り立つと、駅は人で溢れていた。

（息が詰まるほどに猿が多いな）

差別主義者だと知られないように声には出さない。だが確証に至らない表情なら話は別だ。侮蔑を隠そうともしないで、ハインリヒ公爵は眉間に皺を寄せていた。一緒に降りたアレックスは、そんな彼の表情に気づく。

「なにか不快なことでもあったのかな？」

「い、いえ、その……」

「ああ、そういうことか……混雑しているからね。それで機嫌を悪くしていたんだろ？」

「は、はい、実はそうなのです」

「でもこれは、ある意味で素晴らしいことなんだよ。なにせ、この時刻の列車は王国との直通便だけ。即ち、駅に降り立ったのは王国からの旅を終えた者たちばかりだからね。両国の友好が進んでいる証拠さ」

斜め上の勘違いをするアレックスだが、その彼の意見に一理あると、ハインリヒ公爵は鼻を鳴らす。

（王国は建造物から美食まで魅力に尽きない国だ。その素晴らしさを理解し、友好を深めようとしている猿だと思えば、こいつらも可愛く見えてくるものだな）

機嫌がよくなったことに気づいたのか、アレックスの口元に微笑が浮かぶ。彼は護衛兵に囲まれながら背を向けた。

「では僕はこれで失礼するよ。もし困ったことがあれば、いつでもうちの屋敷に来るといい」

親切な言葉を残して去っていく彼に、アレックスは僅かばかりの感謝を覚える。

（ふん、猿のくせにいい奴ではないか。さすがは王国の血が混じっているだけある）

ハインリヒ公爵はアレックスと別方向に進む。彼の行先は決まっていた。第七皇子の屋敷である。

場所は列車内でアレックスからおおよその位置を聞いていた。街の案内板も駆使しながら、目当ての屋敷へと向かう。

（この辺りのはずなのだが……）

武家屋敷が並ぶエリアに辿り着く。王国人が珍しいのか、すれ違う人たちがヒソヒソと声を漏らしていた。

（ええいっ、好奇の視線が鬱陶しい）

怒りを通行人にぶつけたくなるが、揉め事は時間の浪費に繋がる。グッと我慢して、ようやく辿り着いた第七皇子の屋敷は、周囲の建物の中で一際大きいものだった。

（ここにアリアがいるのか……）

長屋門の前でゴクリと息をのむ。広い屋敷に見合うだけの威厳ある門構えだ。

屋敷に気圧された彼は、招待されたわけでもないのに突然押しかけてよいものかと、改めて躊躇いを覚え始める。

（相手は皇子だが、私も一応は公爵だ。無礼を働いたからとすぐに処刑される心配はないはずだが……）

身分の差があるものの、ハインリヒも平民ではない。国際問題に発展するリスクもあるため、不敬が処罰に繋がるとは思えないが、どうしても門を叩くのを躊躇ってしまう。

「うちの屋敷になにか用かな？」

そんな折、若い男が声をかけてきた。顔は整っているが、目の下に浮かんだ隈のせいで、端正な顔立ちが台無しになっている残念な男だ。

「貴様は屋敷の召使いだな？」

「はぁ？」

「惚《とぼ》けなくてもいい。その不気味な顔を見れば分かる。私はハインリヒ公爵だ。屋敷で滞在しているアリアを連れ戻しに来た」

「……君は二つ大きな勘違いをしている」

「勘違い？」

「僕は第七皇子のバージルだ」

「え⁉　その顔で！」

「悪かったね、不気味な顔で」

「い、いいえ、これは失礼しました」

相手が皇子だと知っては詫《わ》びるしかない。ハインリヒ公爵は素直に頭を下げる。バージルもまた深く咎《とが》めるつもりもないのか、はぁと溜息を漏らしながら、話を続ける。

「それともう一つの勘違いだけど、彼女はここにいないよ」

「嘘を吐くのは止めてください。こちらは確証を得ているのです」

「確証？」

「第二皇子から情報を頂いております」

「情報源は兄からか……まったく、面倒事を増やさないで欲しいね……」

バージルは頭を掻きながら、ジッと観察するような視線を向ける。値踏みされているような感覚に不快感を覚えるが、アリアを連れ戻すためだとグッと堪える。

「正直に答えるよ。彼女が屋敷を訪れたことはある。でも今はもういない。この答えで満足かな？」

「いいえ、できません！　アリアは聖女です。王国の国益のためにも連れ戻さなければならない。それに――あの女は私の物。相手が皇子でも譲るつもりはない」

ハインリヒ公爵は強気に出る。もしアリアを連れ戻せなければ大臣から処刑される。崖っぷちに立たされている彼は、引き下がるわけにはいかなかった。

（それにアリアを放っておくと連れ帰るのが難しくなる）

容姿、権力、財力。すべてが完璧な第二皇子のような恋のライバルまで現れた状況だ。このままアリアを放っておくと、心がハインリヒ公爵から完全に離れ、取り返しの付かないことになるかもしれない。一刻も早く、王国へと連れ帰るため、バージルと争う覚悟を見せる。

「彼女が君のモノか……」

「私はアリアの元婚約者で、あいつを従えてきました。だから他の男には――」

「……君の言動は不愉快だ。少し黙ってくれ」

バージルは遮るように言葉を発する。彼の放つ不気味な雰囲気に威圧感が混ざり始めた。恐怖さえ覚える圧力に、ハインリヒ公爵は緊張で手を震わせる。

「僕は彼女を気に入っている。モノ扱いは気分が悪い。ここから立ち去ってくれ」

「で、ですが――」

「二度は言わない」

「うぐっ……」

バージルの迫力に負け、ハインリヒ公爵は逃げるように立ち去る。だが彼はアリアを諦めていない。

（アリアよ、愛しの旦那様が迎えに行くまでの間、辛いだろうが耐えてくれよ）

脳内で彼女との幸せな未来を妄想しながら、ハインリヒ公爵は駆ける。その心中には、アリアを追放したことに対する自責の念は微塵も存在しなかった。

幕間　～『洞窟の中のフローラ』～

フローラがハインリヒ公爵に洞窟に閉じ込められてから、すでに丸一日が経過していた。

冷たい岩肌に背を預け、暗い洞窟の中で体を丸める。

ひんやりと湿った風は肌寒く、洞窟の奥から聞こえてくる不気味な音への恐怖も合わさり、フローラは体を震わせていた。

「どうして私がこんな目に……」

丸一日、なにも飲み食いしていない。空腹と喉の乾きがフローラを苦しめていた。日課だった湯浴みもできないため、不快感が押し寄せてくる。

「ここから出してくださいまし！」

フローラは声を張りあげたが、返事はない。壁に手を伸ばして叩いてみるが、その音もただ空虚に響くだけだった。

「私を外に出して頂けるなら、褒美を与えますわ。宝石も譲りますし、仕事だって頑張りますから。誰でもいいから、助けて！」

再度、救助を求めるが、無情にも洞窟は静寂を保ったままだ。フローラは疲れ切り、壁に額を押しつける。

助けが来る気配は一向になく、彼女の心は徐々に絶望に沈んでいく。頭を掻くと、指にごっそりと抜けた髪の毛が絡みつく。それを見て、自分がどれだけのストレスを感じているかを実感した。

「私が間違っていましたわ……」

フローラはぼそりと呟く。思い返せば、欲望に任せてアリアからハインリヒ公爵を奪い取ったこと、そのものが過ちだった。

「あんな男をわざわざ奪って……顔が少し整っているくらいで、いいところなんてこれっぽっちもないのに……」

フローラはハインリヒ公爵のことを思い返しながら、後悔を胸に溢れさせる。彼が自分に与えてくれたのは、ただの虚しい贅沢と権力の味。そして、姉に勝利したという小さな満足だけだ。

「お姉様を追い出したのは間違いでしたわね……」

幼少の頃から優秀なアリアと比較され、親からも放任されてきた。

だが裏を返せば、親からの期待をアリアが背負ってくれたからこそ、自分は遊んでいられたのだ。

聖女の務めもそうだ。フローラはやり甲斐を求めているわけではない。姉の陰に潜む形だったとしても、それで十分だった。片手間で楽な仕事だけをしながら、遊んで暮らす方が本当は幸せだったのだ。

「後悔していますから……お姉様、どうか助けてくださいまし……助けて……」

フローラは声を絞り出したが、洞窟の中で反響するだけ。その声が皇国に届くことはない。

どんなに叫んでも、誰も彼女の声に耳を傾ける者はいないのだった。

第四章　～『競い合う宿敵』～

アリアが皆を率いて戦うと決意してから一週間が経過した。少しでもランクCの魔物との戦いを有利にするため、彼女は魔物狩りに明け暮れていた。おかげで最大魔力量は増加し、ランキングも二位に上昇した。

ただアリアンをシンの所属として登録しても、派閥全体として見れば、ポイントはバージルの方が上だ。これはシンの不調が影響している。

一週間が経過したことで、シンの体調は当初より回復したが、まだ魔物狩りに参加できるほどではないからだ。魔物討伐競争から棄権したに等しい状況であるため、アリアは二位にランクアップし、派閥間の競争は遅れを取ってしまったのである。

（やっぱり私が頑張らないと）

アリアは意気込んで、医務室に顔を出す。静かに横たわるシンは、規則正しい寝息を漏らし、頬にかかる髪を僅かに乱している。

アリアはそっと彼の髪に触れ、慎重に指で整えてあげる。目を覚ます気配はなく、悪夢に魘《うな》されている様子もない。

（シン様だからこそ耐えられているのでしょうね）

強靭《きょうじん》な肉体を持つシンだ。呪いにも日々耐性ができつつあるのだろう。

（ただ完治させるためにはバージル様を止めないと……）

そのためにも戦いを終わらせる必要がある。意気込みながら、屋敷の居間に顔を出すと、そこには家臣たちが集まり、机の上に資料を並べていた。

「アリアさん、我々の調査結果を報告させてください」

カイトたちはランクCの魔物について調査してくれていた。一週間でこれだけの情報を収集できたのは、彼が部下をまとめ上げ、適切な指示を出してくれたおかげだ。

（私が魔物狩りに集中できたのもカイト様のおかげですね。本当に彼がいてくれて助かりました）

陰の立役者とはまさに彼のことだ。感謝しながら、報告書に目を通していく。

「ランクCの魔物を二体も発見してくれたのですね」

「アリアさんと違い、我々ではオークを倒すのが限界ですから。情報収集くらい役に立たないと立つ瀬がありませんよ」

「そんなことは……」

アリアはカイトたちに感謝していたが、彼らは無力さを歯痒いと感じていたのか奥歯を噛みしめている。

（今は慰めの言葉よりも実績ですね）

彼らに自信を取り戻してあげるには、ランクCの魔物討伐に貢献できたと実感させてあげることが重要だ。

二体の内、どちらの魔物ならより倒せる確率が高いか。書類を読み終えたアリアは、ふぅと息を吐く。

「どちらの魔物も厄介な敵ですね」

「はい。一体はグリフォン。鷲《わし》の頭と翼を生やし、獅子《しし》の胴体を持つ怪物です。金貨を集める収集癖があり、丘の上を陣取っているので、そこから移動することもありません」

「居場所が分かっているのは大きい利点ですね」

戦う相手を決めても、その魔物を発見できなければ、なにも始まらない。定位置から動かないでいてくれるのは、計画を立てる上でも都合がいい。

「ですがグリフォンはランクCでも上位の魔物で、使用する魔術も不明です。リスキーな相手になります」

「ならもう一体のアイアンスライムはどうですか?」

「鉄が液状化した魔物で、頑丈で有名です。そのため防御を貫けるだけの突破力が求められます」

「それなら問題ないですね。こちらにはギン様がいますから」

ギンの爪と牙なら鉄の肉体をも貫ける。心配は無用だ。

「確かにシルバータイガーなら倒せるでしょうね。ただし攻撃が当たればという前提付きですが……」

「もしかして素早い魔物なのですか？」

「加速の魔術を使うそうで、そのスピードは目で追うのがやっとだそうです」

「それは厄介ですね」

「ですが攻撃手段は体当たりしかないため、その威力は私たちでも耐えられるほどです。悪戯《いたずら》好きなのか、人を襲っては逃げる習性があるため、こちらも発見は容易ですね」

どちらと戦うかは一長一短だ。アリアは顎に手を当てて思案し、相性も加味した上での結論を出す。

「アイアンスライムと戦いましょう」

「理由をお聞きしても？」

「一番はギン様との相性ですね。グリフォンに空を飛ばれては、牙が届きませんから。それに……どんな魔術を使うか分からない相手と戦うのは怖いですからね」

魔術を使う者同士の戦いで最も恐ろしいのは未知である。相手の事前情報がないと、勝敗の予測も正確に見積もることができない。魔術が判明しているだけ、アイアンスライムは戦いやすい相手だと言えた。

「では、さっそく私は出かけますね」

「どこへです？」

「アイアンスライムを倒しにです」

「い、今からですか⁉」

計画では最終日にランクCの魔物を討伐する予定だった。猶予を少しでも多くとることで、アリアの戦力強化に割く時間を増やすことが狙いだった。

「もし相手がグリフォンなら最終日にしたでしょうね。ですが相手はアイアンスライムですから」

「なるほど。負けてもノーリスクだからですね」

「そういうことです」

アイアンスライムの体当たりで致命傷を負うことはない。つまりリスクを負うことなく、ランクCの魔物との戦闘経験を積めるのだ。

このチャンスを活かさない手はない。納得したのか、カイトは頭を下げる。

「アリアさん、我らもご一緒しましょうか？」

「いえ、多すぎると魔物に警戒されるかもしれませんから。ひとまずは私一人でやってみるつもりです……ただカイト様たちの力が必要になるかもしれません。その際には協力をお願いします」

「分かりました。いつでも頼ってください。それと……シン皇子のこと、よろしくお願いします」

「もちろんですよ」

カイトに続くように家臣たちも軽く頭を下げる。強敵と戦ってくれるアリアに感謝する彼らは、その小さな背中を見送るのだった。

●●●

アイアンスライムを討伐すると決めたアリアは、壁の外にある丘陵地にいた。見晴らしがよく、風で草のカーペットが揺れている。まだ魔物の姿はない。

（カイト様の報告だと、この周辺に出現するはずなのですが……）

アイアンスライムは悪戯好きで人を襲う習性がある一方で、逃げるのに適した障害物のない平地を選ぶ狡猾《こうかつ》さも持ち合わせている。

さらに臆病な性格のせいで、標的が単独、もしくは少人数でなければ、襲ってくることもない。

このようなアイアンスライムの特徴を把握した上で、アリアは丘陵地に佇み、誘い出そうとしていた。

（どうやら姿を現してくれたようですね……）

緑を掻き分けて向かってくる黒鉄色の魔物が目に入る。気づかない振りをしながら、距離が縮まるのを待つ。

（もう少し、後少し……今です！）

十分な距離まで近づいたことを確認したアリアは、用意していた魔石からギンを召喚する。

主の意図を察しているのか、ギンは召喚されてすぐにアイアンスライムに飛びかかった。

（タイミングはバッチリですし、これで倒せるはずです！）

ギンの爪がアイアンスライムに振り下ろされる。しかし標的は姿を消し、攻撃は空振りに終わる。

（いったいどこへ……）

消えたと思われたアイアンスライムが、ギンに体当たりを食らわせる。不意の一撃にギンは驚くが負傷はない。カイトの調査通り、攻撃力は低いのだ。

（ダメージがないなら攻めあるのみです！）

反撃を気にしなくていいのなら、大胆な攻撃ができる。ギンは爪で切り裂こうと前足を振るが、斬られたのは野草だけ。風で緑が舞い、攻撃が外れたことを知る。

（このままでは決着が付きませんね）

ギンの攻撃は命中しないが、アイアンスライムの攻撃でダメージを受けることもない。このままだと拮抗状態に陥る。

そのことをアイアンスライムも認識したのか、諦めたように逃げ去っていく。

「ギン様、追いかけてください！」

ギンが丘陵地を駆け、アイアンスライムを追う。スピードは僅かにギンの方が速いと思われたが、しかし突然、アイアンスライムは魔術によって加速した。姿が見えなくなるほど離れてしまい、ギンは呆然《ぼうぜん》としたまま、諦めてアリアの元へと帰ってくる。

「お帰りなさい、ギン様」

アリアの出迎えに対して、ギンの表情は暗い。主人の命令を成し遂げられなかったことに落ち込んでいるのだ。

「元気を出してください、収穫はありましたから」

ギンの頭を優しく撫でながら、得られた情報を整理する。

「ギン様の足でも追いつけないスピードは、ただの魔術では説明が付きません。きっと使用用途を限定することで効力を上げているのでしょうね」

この理屈が正しければ、攻撃時に加速の魔術を使用していないことにも説明が付く。あの弱い体当たりは、逃走のスピードを得るために魔術を制限した結果だったのだ。

「次に戦えば、私たちは勝てます」

策を持って挑めば、驚異的なスピードを封じることもできる。アリアは浮かんだ策を実行するため、カイトとの合流に動くのだった。

●●●

アイアンスライムは一度戦った相手を二度襲うことはない。そのためアリアはカイトと合流し、彼に協力をお願いすることにした。

「ということで、カイト様の協力が必要なんです。この計画に協力してくれませんか？」

「構いませんが、私でよろしいのですか？」

「もちろん、カイト様がいいんです」

アイアンスライムを正面から討伐することは難しい。そこでアリアは討伐するための策を講じることにした。

「名付けて、罠《わな》に嵌めて討伐作戦です！」

「そのままですね」

「シンプルな方が分かりやすくて好みですから」

アリアの策にはカイトの役割が重要だ。そのことを理解したのか、彼は神妙な面持ちへと変わる。

「この策は私がアイアンスライムより優勢にならなければ成立しませんね……ですが、私の力が通じるのでしょうか……」

「カイト様なら勝てますよ」

「断言するんですね」

「皆との修行から帰ってきた後、カイト様が庭で剣の稽古をしていたことを知っていますから……努力は必ず報われます。あなたなら成し遂げられると私が保証します」

「アリアさん……精一杯、頑張ってみます」

「その意気です。それに倒す必要はありません。私が隠れている方向に逃走させてくれれば十分ですから」

アリアの策は用意した罠にアイアンスライムを嵌めるというもの。その罠に誘導するのが、カイトに課せられた役目だった。

アリアは相棒の召喚獣たちを呼び出し、離れた位置にある茂みの陰で待機する。カイトは単独で見晴らしのよい丘陵地へと向かう。

「ではシルフ様は罠の準備を、ギン様はいつでも飛びかかれるように待機していてください」

主人からの命令を受けた召喚獣たちが行動を開始する中、アリアもタイミングを逃さぬように、遠くからカイトを見守る。

(必ずカイト様なら成し遂げてくれるはずです)

そう期待し、観察を続けると、野草が不自然な揺れ方をする。カイトもまたその揺れに気づいたのか、腰から刀を抜いて、切先を向ける。

「出てこい、私が相手だ」

カイトの挑発が効いたのか、それとも彼を舐めているのか、アイアンスライムは野草から飛び出してくる。

「わざわざ姿を現してくれるのはありがたいな」

カイトは構えた刀を、アイアンスライムに振り下ろした。

ギンの時のように躱されると予想したが、意外にもアイアンスライムは斬撃を受け入れた。

だが渾身の一撃はアイアンスライムの硬さに弾かれてしまう。彼の刀に貫かれることはないと知っていたからこそ、アイアンスライムは避けるまでもないと判断したのだ。

「私の剣がここまで通用しないなんて……」

あわよくばと期待していただけに、カイトのショックは大きかった。その気の抜けた瞬間を狙うようにアイアンスライムが体当たりを加える。放心状態で受けた一撃は、その威力が小さくとも、彼の膝を折るくらいの衝撃はあった。

（このままではカイト様が……）

心を折られ、敗北するかもしれない。だがその心配は杞憂だった。彼の瞳はまだ闘志に燃えていたからだ。

「舐められたままでいられるものか」

カイトは刀を杖代わりにして立ち上がると、息を吸ってから上段に構える。そして肉体に纏っていた魔力の鎧を解除し、そのすべてを刀に集中させる。

(あれならカイト様の一撃も通じるはずです……ですが……)

　鎧の役目を果たしていた魔力を攻撃に転じたため、もし一撃を躱され、体当たりを受ければ死んでもおかしくない。

　まさに決死の覚悟で彼は一撃を放とうとしていた。

(この覚悟にアイアンスライムはどう応えるのでしょうか)

　もしカイトの一撃が命中することがあれば、アイアンスライムは命を落とすだろう。しかしそれは万に一つの確率だ。高速で回避可能なのだから、まず命中することはない。

　だがアイアンスライムは逃走を選択する。悪戯で人を襲うような魔物だ。命を賭けるほどの覚悟を持てるはずもなかった。

(さすがです、カイト様)

　期待通り、アイアンスライムはアリアたちが隠れている茂みへと向かってくる。勝負は一瞬、すべての決着を付けるため、罠を起動させる。

「シルフ様、今です！」

　声に反応し、準備していたシルフがアイアンスライムの足元に大きな落とし穴を生み出す。

　穴そのものは事前に掘っていたものだ。蓋の部分だけを土の魔術で外したことで、アイアンスライムは穴の底へと落下していく。

「今です、ギン様！」

その落とし穴にギンも飛び込む。落とし穴は狭い。逃げ場さえ奪えば、超スピードも活かすことができなくなる。

「ギン様、無事ですか？」

アリアが落とし穴を覗き込むと、仕事をやり遂げたのか、魔石を咥えるギンの姿があった。

討伐に成功したのである。

ギンは落とし穴を駆けあがり、主人の元へと戻ってくる。務めを果たした相棒を称える。

「ギン様はやっぱり頼りになりますね」

「にゃ〜ご」

モフモフとした毛並みを撫でると、まるで絹のように滑らかで心地よい。ギンも褒められて嬉しいのか、尻尾を振る。

「やりましたね、アリアさん」

「カイト様の頑張りのおかげです」

ギンから受け取った魔石を、二人はジッと眺める。黒鉄色の魔石は人を魅力するような輝きを放っていた。

「この魔石さえあれば、シン皇子の勝利は確実ですね」

「ですね」

シンのために喜ぶカイトをアリアは微笑ましく見守る。目的を成し遂げた二人は、この結果を早くランキングに反映させたいと、冒険者組合へと急ぐのだった。

●●●

アイアンスライムの討伐に成功したアリアたちは冒険者組合を訪れていた。受付嬢から討伐報酬の金貨を受け取り、ランキングの更新を期待して待つ。

「おめでとう、あなたが個人でのランキング一位よ。その結果、派閥としても上回ったわね」

「カイト様、やりましたね」

「アリアさんのおかげです」

当初は諦めていたバージルを超えることができたのだ。二人は互いの健闘を称え、喜び合う。

そのポイント差は圧倒的で、ランクDの魔物を千体倒しても追いつかれることはない。それほどにランクCを倒した貢献は大きかった。

「我々は優位な状況です。なにせ最終日まで一週間の猶予を残した状態で、ランクCの魔物を討伐できたのですから」

「カイト様が協力してくれたおかげですよ。でも、この猶予期間を利用して、勝利を盤石なものとしたいですね」

ランキングが更新されたことはバージルもいずれ知ることになる。追い上げてくる前に、ポイントで突き放しておきたい。

「アリアさんは心配性ですね。我々の勝利は揺るぎません。なにせ第七皇子ではアイアンスライムを倒せませんから」

「確かに相性は最悪ですからね」

バージルは鏡で対象となる相手を視認し、念じることで状態異常にすることができる。しかし超スピードで動くアイアンスライムを鏡で捉えることは難しい。

かといってアイアンスライム以外のランクCの魔物を討伐することも難しい。グリフォンのように戦闘力の高い魔物は状態異常に陥ったとしても下手な魔物よりも強いため、バージルの部下たちではトドメを刺すことができないからだ。

「私は少し心配性なのかもしれませんね。今はただこの成果を素直に喜ぶとしましょう」

「なら前祝いでケーキでもどうですか？」

「私、甘い物にはうるさいですよ」

「奇遇ですね。私もです……実は近くに美味しい焼き菓子屋があるので、そこで買って帰りましょうか」

「カイト様の舌を満足させるほどのケーキなら、食べるのが楽しみですね」

二人は受付嬢に礼を伝え、冒険者組合の傍にある焼き菓子店へと向かう。煉瓦《れんが》造りの瀟洒《しょうしゃ》な店構えだ。中に入ると、甘い匂いが漂い、食欲をそそる。

「いらっしゃいませ」

　年は三十の中頃か。痩身の女性店員がカウンター越しに笑顔を向けてくれる。ガラスケースに並ぶ色鮮やかなケーキに目を惹かれながら、どれを食べたいかと逡巡《しゅんじゅん》する。

「ここのケーキはどれも絶品ですよ。なにせ第二皇子の経営する焼き菓子店ですから」

「話には何度も聞いた人ですね……カイト様は第二王子様とお会いしたことはありますか？」

「何度かありますよ。皇族とは思えないほど謙虚な人格者です」

「へぇ～、一度、お会いしてみたいものですね」

　噂で聞く限りだと、容姿や財力を含め完璧な人物のように思える。同じ王国の血を引く者同士、話せば打ち解け合える気がした。

「お客さん、惜しいですね。実はさっきまでこの店にいたんですよ」

「皇子様がですか⁉」

「最近、冒険者組合が近くにあるからと頻繁に来てくれるようになって……なんでも自然な出会いを求めているそうで、王国の文化なんですかね？」

「そのような文化は聞いたことがありませんが……」

　第二皇子のアレックスがなぜ焼き菓子店に顔を出しているのか、アリアには皆目見当も付かなかった。

　それもそのはずで、まさか彼がアリアとの偶然の出会いを演出するため、目撃証言のあった冒険者組合近くで、かつ女性が立ち寄りそうな焼き菓子店に顔を出していると分かるはずがないからだ。

「でも、この店の常連さんならいつか会うかもですね」

その日が来るのを期待しながら、アリアはガラスケースに視線を戻す。その中の一つ、一番人気と書かれたカカオを利用したチョコケーキが目に入った。

「カイト様はこのチョコケーキを食べたことはありますか？」

「一度だけですがありますよ。チョコの味が濃厚で、きっとアリアさんも気に入る味です」

「ではこちらと、他にもオススメのケーキがあれば詰めてください」

魔物討伐の報酬でお金には困っていない。幸いにも屋敷には人がたくさんいる。皆に喜んでもらうため、アリアはいくつかのホールケーキを購入するのだった。

●●●

ケーキを購入したアリアたちが屋敷に戻ると、シンが出迎えてくれる。彼の顔色は一週間前と比べると回復していた。

「おかえり、アリア、カイト」

「シン様はもう起き上がっても問題ないのですか？」

「呪いに身体が慣れてきたからね」

「さすが、シン様ですね」

シン以外の者なら時間経過と共に体力を奪われ、呪いの効力は強まっていく。その悪循環になんとか打ち勝てているのは、シンの屈強な肉体と強大な魔力のおかげだ。

「この調子なら月末には魔物討伐に参加できるかもね」

「シン様、あまり無理をしてはいけませんよ」

「ははは、分かっているさ。でもただ寝ているだけだと歯痒くてね」

シンは自嘲混じりの笑みを零す。呪いで倒れてしまったことに、彼なりに責任を感じているのだ。

少しでも罪悪感を減らしてあげるために、アリアは吉報を届ける。

「シン様、実はカイト様と協力してランクCの魔物を倒したんです」

「凄いじゃないか！　さすがだね、二人とも！」

「これでシン様の勝利はほぼ確実です。だから安心して、屋敷で身体を休めていてください」

「私は頼りになる仲間がいて幸せだな」

憑《つ》き物が取れたようにシンは微笑む。

（これは計画を早めた甲斐がありましたね）

もし計画通り、最終日にランクCの魔物に挑戦していたら、きっと彼は無理をしてでも討伐に参加していただろう。

彼の安らかな時間を得られただけでも、自分の選択は間違っていなかったと自信を持てた。

「そうだ、カイト様のお気に入りの焼き菓子店でケーキを買ってきたんです。よければ家臣の皆さんとも一緒に食べませんか？」

「ありがとう。家臣たちは甘党が多くてね。きっと喜ぶよ」

食堂に移動し、アリアは収納袋に仕舞っていたケーキをテーブルの上に並べていく。袋の容量を超えて取り出される色鮮やかなケーキたちに、集まってきた家臣たちは驚く。それはケーキの存在だけでなく、収納袋に対しての驚愕も含まれていた。

「貴重な魔道具ですから。驚かせてしまいましたね……」

シンは存在を知っているため驚かないが、家臣たちの中には初めて見る者も多かったのだろう。物珍しげな視線が集まるが、すぐに家臣たちの興味はケーキに移る。食欲を唆《そそ》る香りが、彼らの気を引いたのだ。

「では頂きましょうか」

席に着くと、各々が欲しいケーキを切り分けていく。さすが一番人気だけあり、気づくと、チョコケーキはなくなっていた。

「やっぱりチョコケーキは人気がありますね……」

「もしよければ私の分をアリアに譲ろうか？」

「このケーキはシン様へのお見舞い品でもありますから。私は別のケーキを頂きます」

アリアは余っていたショートケーキを皿に取り分ける。上に乗った苺とクリームを一緒に口の中に放り込む。酸味と甘味が上手く調和しており、舌が幸せで満ちていく。

「皇国のケーキも絶品ですね」

「皇国人は王国の文化を取り入れることに熱心だからね。菓子作りの修業のために、わざわざ王国に移住する人がいるくらいだ」

「よい時代になりましたね」

遠い昔、皇国は外国と関係を持つことを絶っていた。だが開国されてからは風向きが大きく変化した。少しでも多くの知見を吸収するため、外国との積極的な交友が推奨されるようになったのだ。

（おかげで私もシン様たちと会えましたし、時代に恵まれましたね）

皇国の先祖たちに感謝しながら、ケーキを食べ進める。気づかないうちに完食していたほど満足できる味だった。

「美味なケーキでしたね。苺も私の人生で二番目に美味しかったです」

「一番は市場で食べた魔果だよね。よく兄から試食係にさせられていたから、私も味は知っているけど、とても美味しくなったよね」

「昔は違ったのですか？」

「品種改良の当初はお世辞にも美味しいとは言えない味だったよ。でもおかげで魔力が増加したからね。今では感謝しているよ」

味は悪くとも、第二皇子が魔果を与えてくれたからこそ、彼は魔術師として成長できたのだ。兄弟の仲の良さを垣間見《かいまみ》た気がして、なんだか微笑ましくなる。

「シン様は他のご兄弟とも仲が良いのですか？」

「私に興味さえない兄はいたけれど、不仲ではなかったかな……アリアにも確か妹がいるんだよね」

「酷い妹ですけどね」

公爵を寝取り、王宮から追放するような妹だ。仲が良いとは言えないが、特に恨んでいるわけでもない。

（私がハインリヒ様を愛していたのなら話は違ったのでしょうが、略奪されてもなにも感じませんでしたからね。未練もありませんし、王国で末永く幸せに暮らしてくれれば私は満足です）

長時間労働からも解放され、シンたちと仲良く暮らせているのも、ある意味では妹のフローラのおかげだ。もちろん彼女は悪意を持ってアリアを追放したのだが、そのことを恨むつもりもなかった。

「アリアの妹は公爵と結ばれたんだよね。公爵はどんな人物だったんだい？」

「子供を大人にしたような人でしたね……」

「それは付き合うのに苦労しそうだ」

思い返せば、ハインリヒ公爵には迷惑をかけられっぱなしだった。距離を置けている今となっては笑い話にできるが、当時は彼の我儘に頭を痛めたものだ。そんな時、低くて重い音が響いてくる。

「あれ？　この音はなんでしょうか？」

「シン皇子、どうやら来客のようです」

「そのようだね」

玄関扉を開ける音を耳にし、カイトとシンは神妙な面持ちになる。来客の予定はない。突然の来訪者に悪い予感を覚えたからだろう。

シンたちは立ち上がり、玄関へと向かう。まだ体調が万全とはいえない彼を放っておくのは危ないと、アリアも背中を追いかけていく。

すると、玄関には見知った顔がいた。

「バージル様、それと……ハインリヒ様！」

アリアを王宮から追放したハインリヒ公爵が邪悪な笑みを浮かべている。トラブルの発生を予感し、彼女はゴクリと息をのむ。

「どうしてハインリヒ様がここに……」

王国にいるはずの元婚約者が現れたことに、アリアは驚きを隠せなかった。一方、ハインリヒ公爵は、バージルの後ろに控えながら、ニヤニヤと笑みだけ浮かべている。それがまた不気味だった。

「シン、まずはランクC討伐おめでとう。これで君たちの派閥は我らを上回った」

「弟を褒めるためにわざわざ屋敷に？」

「まさか。本題はこれからだ」

バージルはハインリヒ公爵の背中を押す。彼の含み笑いは止まらない。なにか策があるのかと警戒する。

「君は？」

「私は公爵。アリアの元婚約者です」

「君が例の……」

先ほどまで話題に挙がっていた人物だと知り、さすがのシンも驚く。呪いを受けて、体調を悪化させている彼を矢面に立たせるのはマズイと、アリアが前へ出る。

「私を王宮から追放しておきながら、よく顔を出せましたね」

「その件なら謝罪する。私が間違っていた」

「そうですか。ならもう無関係ですので、お帰りください」

「そうはいかない。私は大臣からの命令で派遣された使者だ。貴様を連れ帰るように命じられている」

「私を⁉」

　自分から追い出しておきながらどういう了見なのか。問い詰めるように鋭い視線を向けると、彼は観念したように説明する。

「フローラが思いの外、役立たずだったのだ」

「ですが、あの娘も回復魔術は使えるはずです」

「だが魔力が不足していた。さらにやる気もない。やはりアリアこそが聖女に相応しいと判断され、私に連れ戻すよう命令が下ったのだ」

「そうですか。でも私が命に従う理由はありません。お断りしますね」

「……肝心なことを伝えていなかったな。もし聖女として戻ってきてくれるなら、私との婚約を改めて結んでやろう。どうだ？　嬉しいだろう」

　ご褒美だと続けるハインリヒ公爵だが、アリアは苦虫を噛み潰したような表情に変わる。

「そんな罰ゲームのような婚約は御免です」

「なんだと⁉」

「私はもう王宮務めの聖女ではないのですから、フローラの魔力を増やしたり、やる気を出させたりする工夫をしてあげてください。あなたが夫になるのですから」

「うぐっ……」

　すぐに靡くと思っていたアリアの冷たい正論にハインリヒ公爵は二の句を継げなくなる。追い込まれた彼に、さらなる追撃が後ろから放たれる。

「僕が聞いていた話と違うな」

「そ、それは……」

バージルの反応に、ハインリヒ公爵は狼狽する。おそらく身勝手な約束を取りつけていたが、算段が崩れたために、話に矛盾が生じたのだ。

「もしかしてバージル様は私を王国に返すことで、シン様の陣営の戦力ダウンを狙っていたのですか？」

だからこそ連れ戻しの使者であるハインリヒ公爵と手を組んだのではと予想した上での質問だ。彼は誤魔化すことなく、すんなり首を縦に振る。

「確かにそういう狙いはあったね。でもそれだけじゃないよ……僕は君を気に入っている。公爵から聞いた話では、君も彼に惚れていて、王国に帰りたがっているということだったからね。本人たちの意向を尊重した上で、僕らの陣営のプラスになるなら悪くないと思ったのさ」

話を聞いてみると、バージルに悪意はなく、すべての原因はハインリヒ公爵の嘘にあった。アリアと恋仲であると騙されたからこそ、彼は手を組むと決めたのだ。

「でも、僕もまさか嘘だとは思わなかったよ。なにせ彼は土下座までしてきたからね」

「ハインリヒ様が土下座したんですか⁉」

プライドの高い彼がそこまでした事実に驚かされる。彼は屈辱に耐えながら、なんとか言葉を絞り出す。

「し、仕方あるまい。貴様を連れ帰らなければ、私は大臣に処刑されるのだ。なぁ、元婚約者が殺されるかもしれないのだぞ。可哀想だとは思わないのか？」

「不憫だとは思いますよ。ですが、私とは関係ありませんから」

「この悪魔め！」

「それは聞き捨てなりませんね。私は捨てられたんですよ。今更、手の平を返してきた人に優しくしないからといって、悪魔呼ばわりは納得できません」

先に裏切ったのは彼の方だ。今更、聖女に戻って欲しいと乞われても、もう遅いのだ。

「生意気な女め。私の誘いを断ればどうなるか理解しているのか？」

「どうなるのですか？」

「ふん、貴様が世話になっているシン皇子に迷惑がかかるぞ」

「……どういうことです？」

「簡単だ。聖女は王国の宝だ。それを不法に引き抜いたとして、国王経由で皇国を非難させてもらう。次期皇帝の座を争う上で、王国との友好関係に傷を付けたと悪名が広がってもいいのか？　それが嫌なら私と――」

ハインリヒ公爵がすべてを言い終える前に、シンの拳が彼の顔を撃ち抜いていた。衝撃で倒れ込むと、鼻血を流して涙目になっている。

「アリアは私の大切な家族だ。それを失うくらいなら、私は次期皇帝の椅子を捨てることに躊躇いはない」

シンは仲間をなによりも大切にしている。アリアもその一員であり、シンにとって思い入れのある特別な人だ。そんな彼女を守れるのなら他のなにを投げ捨てても構わないという覚悟を感じさせた。

一方のハインリヒ公爵は、殴られた痛みに耐えながら、なんとか起き上がる。シンが呪いで体調を悪化させていたからか軽症で済んでいた。

「わ、私は公爵だぞ。このような無礼が許されると⁉」

「なら私は皇子だ。それに相手が誰でも関係ない。私はアリアのためなら命を賭けて戦うだけだ」

「うぐっ……」

脅しが通用しないと知ると、ハインリヒ公爵は黙り込む。縋《すが》るように、背後のバージルに視線を向けるが、彼の表情は冷たい。

「僕は君を助けるつもりはないし義理もない。それどころか、そんな卑怯な手を使うなら、僕もシンの味方に付くことになる。その覚悟はあるのか？」

ハインリヒ公爵は崖っぷちの立場だ。二人の皇子を敵に回すような国際問題を引き起こした場合、むしろ彼が処罰されても不思議ではない。

分が悪いと判断したのか、彼は悔しげに唇を噛みしめながら屋敷を飛び出してしまう。その背中を追いかける者は誰もいなかった。

「このたびは失礼した。僕もこんな展開になるとは思わなかった」

「詫びる気持ちがあるなら、この呪いを解除してくれないかな？」

「断る。呪いが外れれば、僕らの勝算はゼロになる」

「つまりまだ勝利を諦めていないと？」

「もちろんだ。そのための策も用意している」

アリアとのポイント差を覆すためには、弱い魔物を狩っていては追いつけない。どうにかしてランクCの魔物を倒す必要がある。策とはつまり、それらの魔物を倒す術があるということを意味した。

「期待していて欲しい。僕らこそが勝利者だと証明してみせよう」

バージルはそれだけ言い残して去っていく。彼相手ではまだまだ油断できないと、アリアは心の中で兜《かぶと》の緒を締め直すのだった。

●●●

翌日、アリアは魔物狩りを継続していた。バージルが逆転すると宣言した以上、必ずなにか手を打ってくることは間違いないからだ。

（不安を解消するためには行動あるのみですからね）

夕日が差し込む石畳の道を歩きながら、アリアは手の平に乗った魔石を確認する。ランクDの魔物中心だ。そこにランクCの魔石はない。

（アイアンスライムなら倒せると思いますが、居場所が分かりませんからね）

昨日、討伐した個体は、カイトたちが事前に生息範囲を探り、その周辺で囮役が誘い出すことにより発見することができた。

だが今は一次調査の段階で手掛かりを得られていない。カイトたちが情報を探ってくれているが、締め切りまで間に合うかどうかは賭けになる。

（だから一体でも多くランクDの魔物を討伐しておかないとですね）

塵《ちり》も積もれば山となる。立ち止まっている暇はないのだ。

アリアは焦るように早足で進み、冒険者組合に辿り着く。いつものように受付嬢が歓迎してくれる。

カウンターの上に魔石を並べると、ルーペでチェックを始める。すべての確認を終えると、少し残念そうに眉尻を下ろした。

「今回はランクCがないのね」

「発見できなかったんです」

「それは残念ね……言いにくいけど、あなたのランキングは二位に落ちているわ」

「え⁉」

受付嬢が提示してくれたリストの一位には、再びバージルの名前が記されていた。彼は宣言した通り、逆転の手を打ったのである。

「でもどうやって……」

ランクDの魔物を狩るだけでは一日で逆転されるはずがない。ランクCの魔物を討伐したのは間違いないが、その方法が分からなかった。

「説明しようか」

「バージル様！」

アリアの疑問に答えるように、柱の陰からバージルが姿を現す。彼はアリアがやってくるのを待っていたのだろう。勝ち誇った笑みを浮かべており、心なしかいつも悪い顔色が、僅かに明るく見える。

「最初に伝えておく。僕が倒したのはアイアンスライムだ」

「で、ですが、バージル様との相性は最悪のはずです」

鏡に映すよりも前に逃げられてしまうため、超スピードを持つアイアンスライムに彼の魔術は通じないはずだった。

「簡単さ。僕はリスクを取ることにしたのさ」

「まさか……魔物の森に同行したのですか？」

「ご明察。鏡で映せないほど速い敵なら、直接目視で視認すればいい。安全圏に引きこもるのを止めたことで討伐を果たしたのさ」

今までのバージルはリスクなしでもランキング一位の座を維持できた。しかしアリアに順位を抜かれたことで外壁の外に出る覚悟を決めたのだ。

（きっとアイアンスライムの生息地も、もしもの時のために把握していたのでしょうね）

バージルには長い討伐で積み重ねた情報の蓄積がある。情報戦では彼の方が一枚上手だと認めるしかなかった。

「これで勝負はついた。君も諦める気になったかい？」

「まだ決着まで三日あります。私は最後まで戦いますから」

諦めたらそこですべてが終わる。心が折れない限り、まだチャンスは巡ってくると信じていた。

「さすが僕のお気に入りだ。君のような味方がいてシンが羨ましいよ」

「弟子のために努力するのも師匠の務めですから」

世話になったシンの助けになれるなら、頑張りも苦にはならない。むしろ、やりがいに繋がっているとさえ感じられた。

「ふふ、君は本当にいい人だね」

「バージル様も十分に優しいではありませんか」

「はぁ？　僕はシンを呪っているんだよ」

「それも領地の人たちを幸せにするために仕方なくですよね……それにかけている呪いをシン様が克服しつつあると気づいているはずです。でも命を奪うほどに出力を上げようとはしない。本当に非常な人なら、そんな配慮はしませんし」

図星をつかれたのか、バージルは気まずそうに頬を掻く。

「まぁ、傷つけることが目的ではなく、魔物討伐を阻止することが狙いだからね。無駄な魔力を消費するのは勿体ないと判断しただけさ……でも、まさか僕の魔術に耐えられるとは思わなかったよ。弟も成長しているんだね」

バージルの口元に浮かんだ笑みは、悔しさと喜びが入り混じっていた。素直でない彼の反応にアリアも微笑む。

「僕はシンに勝つ。そこに甘えは期待しないことだね」

「はい、正々堂々戦いましょう」

バージルとアリアは互いに闘志を燃やす。決着までの時間は残り三日。負けるつもりはないと二人は視線で訴えるのだった。

●●●

時間は過ぎていき、魔物討伐競争は最終日を迎えた。ポイントに大きな差はないが、一日で逆転するにはランクCの魔物を倒すしかない。

追い詰められた状況で、アリアは賭けに出ることを決意する。アイアンスライムの捜索を諦め、さらなる強敵に挑戦することにしたのだ。

（この先にグリフォンがいるのですね）

カイトに案内されてグリフォンが陣取る丘までやってくる。鷲の頭と獅子の体を持ち、その翼は大地を覆うかのように広がっている。ギンよりも一回りほど大きい巨体の足元には、金貨の山が積まれていた。茂みから観察しているが、動く気配はない。

「私たちが近づいていることに気が付いているでしょうか？」

「可能性は高いでしょうね」

この一週間、アイアンスライムを発見できなかった場合に備えて、カイトたちはグリフォンの情報を収集してくれていた。

その中でも特に有用な情報は、遠距離からの攻撃を察知する速さだ。離れた位置から弓を構えただけで、グリフォンは察知し、威嚇の声をあげてくる。

「魔物としての特性の可能性もありますが、魔力を発していたので、おそらく魔術によるものです。アリアさんなら正体が分かりますか？」

「遠くの物を見通せる〝遠視〟あたりの能力だと思います」

空を飛ぶグリフォンにとって、遠くまで見渡せる力は相性がよく、定位置から動かずに相手の動向を探ることもできる。

（不意打ち対策なら有用な力ですが、ギン様なら正面突破できますから関係ありませんね）

アリアはギンとシルフを召喚すると、カイトと共に茂みから飛び出す。この戦いの決着がバージルとの競争の結果にも繋がる。負けるわけにはいかないと、ギンが雄叫びをあげた。

「ギン様、お願いします！」

アリアの命令に従い、ギンが突撃する。その援護のため、シルフも炎の弾丸をグリフォンに放つ。

「ギイイイイッ」

グリフォンが魔力を含んだ叫び声をあげる。大気を震わせるほどの声に、炎は掻き消されてしまう。

（やっぱり今まで戦った魔物とは規格外の強さですね）

アイアンスライムとは違う。純粋な戦闘力でランクＣに君臨する怪物の強さを改めて実感する。

（でもギン様も負けてはいません）

ギンが声に怯む様子はない。勢いを維持したまま、牙を剥き出しにして飛びかかる。しかしグリフォンは空を飛んで、ギンの攻撃を躱す。

（空を飛ばれたのは厄介ですね……）

ギンは対空攻撃の手段を持たない。同じ空を飛べるシルフの魔術もグリフォン相手だと掻き消されてしまう。

（狙うのはギン様を攻撃するために地上へ落下してきたタイミングですね）

グリフォンは空を旋回してタイミングをうかがう。何度か空を回った後、嘴を尖らせて、急降下してくる。

「ギン様！」

重力で勢いを乗せた嘴が地上に突き刺さる。砂煙を巻き上げるほどの一撃だが、ギンはその攻撃を躱すことに成功していた。

（やっぱり加速の魔術は便利ですね）

アイアンスライムから手に入れた魔術は、ギンに取得させていた。接近戦を主体とするギンだからこそ活かせる能力だと判断したためだ。

「今です、ギン様！」

グリフォンが上空に逃げるよりも前に一撃を加える必要がある。アリアの合図を受けて飛びかかるギンだが、一瞬の差で、グリフォンが逃げる方が速かった。

「間に合いませんでしたか……」

だがギンの牙が届きさえすれば倒せる。それをグリフォンも理解しているからこそ、上空へ逃げたのだ。

（ギン様なら次こそは……）

僅かなタイミングの差ならギンは修正してくる。相棒の優秀さに確信しているからこそ、勝算を実感していた。

グリフォンは再び上空を旋回する。獲物を狙うようにグルグルと回っていた。なにを考えているのかと疑問を覚えていると、急降下を開始する。

（この方向……まさか、狙いは私ですか⁉）

ランクCの魔物は知能も高い。指示を出しているのがアリアだと気づいたのだ。

アリアの身体能力では躱せない一撃だ。死を覚悟して、目を閉じる。視界が闇に包まれるが、痛みは生じなかった。

瞼を開くと、カイトが刀で落下してくる嘴を受け止めてくれていた。歯を食いしばりながら重い一撃に耐えている。

「カ、カイト様！」

「アリアさん、刀の治療を！」

「は、はい」

嘴を止めている刀に亀裂が奔る。すべての魔力を集中させても、グリフォンの一撃に刀の耐久力が追い付いていなかったのだ。

アリアは回復魔術で刀を治療する。亀裂が消え、万全の状態へと復活するが、ピンチなのは変わらない。グリフォンは目の前におり、頼みの綱のギンとは距離があるからだ。

（このままでは負けてしまいます……）

心が挫けそうになった時だ。刀を手にした新たな人影が近づいてくる。

「アリアもカイトも、よく持ちこたえてくれた」

「シン様！」

どうしてここにとは訊ねない。呪いに耐えながらも、グリフォン討伐のために駆けつけてくれたのだ。

（でもランクCのグリフォン相手では……）

過去の履歴では、シンがランクCを倒した記録はない。体調が万全の状態でないのに、格上にその力が通用するとは思えなかった。

「アリア、心配は無用だ。私も成長している」

シンは刀を上段に構える。魔力が刀身に集まり、淡い輝きを放つ。

「綺麗ですね……」

ポツリとそんな感想を漏らすほどに美しい魔力を放ちながら、刀が振るわれる。その一撃は視認できないほど速く振り下ろされた。

グリフォンは空に逃げる暇さえなかった。

シンの振るった鋭利な刃がグリフォンの肉体を両断する。切断された身体の断面から魔素を散らし、雄叫びを残すと霧散した。

（これが今のシン様の力！）

ランクＣの魔物を一撃で討伐したシンに見惚れていると、カイトが頭を下げる。

「シン皇子に助けられましたね」

「私はトドメを刺しただけさ」

「いえ、やはり戦闘においては、まだまだシン皇子に敵いません。ただ……呪われているのに無茶するような真似はこれっきりにしてくださいね」

「ははは、約束するよ」

シンは少年のように笑いながら、アリアの方を振り向く。

「アリア、私は昔より強くなれたかな？」

「さすが私の一番弟子だと自慢したくなるほどの成長でしたよ」

魔術師としての実力はアリアよりも上かもしれない。そう思えるほどの活躍だった。

「にゃ～ご！」

「ギン様！」

役目を終えたギンがアリアの元へと駆け寄ってくる。大きな顔を擦り寄せるギンの頬に手を伸ばすと、絹のような心地よい感触が伝わってきた。

甘えるように尻尾を振るギン。アリアはその頑張りを讃えるために、ゆっくりと抱きしめる。するると、まるで天も祝福しているかのように、空から日が差した。眩しさを感じながら、アリアたちは勝利を祝うように笑い合うのだった。

●●●

グリフォンの討伐に成功したアリアたちは冒険者組合へと向かう。シンの陣営が勝利したことは間違いないため、足取りも軽い。

(私たちはランクCの魔物を二体討伐していますが、バージル様は一体だけですからね)

ランキング表が更新されるのが楽しみだと、冒険者組合を訪れる。皇子たちの競争が最終日だと知っているのか、いつもより多くの人が集まっていた。

「君たちも来たようだね」

「バージル様……」

彼は余裕の笑みを浮かべながら、受付嬢に魔石を渡していた。カウンターに積まれた魔石の山が目に入り、その中でも黒鉄色の魔石に視線が釘付けになる。

「その魔石はまさか……」

「気づいたようだね。これはアイアンスライムの魔石さ」

「まさか二体目を倒したのですか⁉」

アリアたちが発見できなかった魔物を、彼は探し出したのだ。確実な勝利のはずが、勝負の行方が怪しくなる。

「これで僕らはランクCの魔物を二体討伐した実績になる。諦める気になったかい？」

「まさか。私たちも実績なら負けませんから」

アリアはカウンターに薄茶色の魔石を置く。大粒の魔石を目にし、バージルは驚きで瞼を大きく開く。

「まさかグリフォンを倒したのか⁉」

バージルの表情から余裕が消える。彼も互いの実績が五分の状況だと認識したのだ。

「二つの陣営の結果が出たわ」

魔石の鑑定を終えた受付嬢がランキング表を更新する。緊張で空気が重くなったのを感じ、ゴクリと息をのむ。

「二陣営の差はほんの僅かだったわ。どちらが勝っても不思議ではない戦いだった……でも、グリフォンの討伐ポイントが大きかったわね」

「つまりは⁉」

「第八皇子陣営、つまりはあなたの勝ちよ」

「やりましたね、シン様！」

「ああ、夢のようだ！」

勝者は歓喜し、敗者は落胆する。シンやカイトは互いの頑張りを称える一方で、バージルは肩を落とす。周囲の観客たちも勝負の決着に盛り上がり、歓声をあげた。

（バージル様は可哀想ですが、勝負は残酷ですからね）

敗者に慰めの言葉はいらない。彼は落胆した表情のまま立ち去ろうとするが、そんな彼を呼び止めるように、扉が勢いよく開かれた。

「その勝負、このハインリヒを待ってもらおうか！」

自信に満ち溢れたハインリヒ公爵が、鼻息を荒くして近づいてくる。その顔はアリアを王宮から追放した時と同じで悪意に満ちている。

「絶望しろ、アリア。この勝負、貴様のせいで負けるのだ」

ハインリヒ公爵は逆転の切り札を用意していた。それを提示すべく、声を荒らげる。

（いったいどんな奥の手が……）

バージルも驚愕していることから、ハインリヒ公爵の独断なのだろう。いったいどんな方法を取ってくるのかと警戒していると、彼は喉を鳴らして笑う。

「ククク、二陣営のポイントは僅かな差だ。ランキング五位のポイントが加われば逆転できる程度のな」

「まさか……」

「そのまさかだ。私は無所属の謎の武術家Xを探し出し、私の指定する陣営に加わって欲しいと交渉したのだ。その結果、アリアの輝かしい未来のため、私に協力してくれるとの答えをくれている。つまり勝敗は私の胸三寸で決まるのだ！」

「……私を脅すつもりですか？」

ハインリヒ公爵は言外に脅迫の意図を含めていた。大人しく彼と共に王国へ帰るなら、このままシンの勝利で終わるが、要求を呑めないなら、第五位のポイントをバージル陣営に加算すると脅しているのだ。

要求を呑まなければ、結果は逆転する。どうすべきかと思案していると、彼は喉を鳴らして笑う。

「ククク、貴様が意見を変えず、皇国に残るつもりならそれでもいい。だが仲間を敗北に導いたと、負い目を感じ続けることになる。それでも皇国に留まり続けられるのか？」

「……っ──わ、私は……」

悔しいがシンたちに迷惑をかけるわけにはいかない。王宮での聖女の務めに戻るしかないと諦めかけた時、シンが肩に手を置いてくれる。

「アリア、私たちのことは心配しないでくれ」

「ですが……」

「開拓地を諦めることになっても、アリアには傍にいて欲しいんだ。駄目かな？」

「ですが、シン様の家臣の皆様にもご迷惑が……」

「それなら心配いらない。家臣たちも同じ気持ちだからだ。なぁ、皆？」

カイトを含めた家臣たちは大きく頷く。短い間だったが、彼らはアリアを家族として受け入れてくれていたのだ。

「私、きっと迷惑をかけますよ？」

「構わない」

「王国からも嫌がらせを受けるかもしれません」

「アリアが味方になってくれるのなら安いものだ」

「本当にシン様は子供の頃から変わらない……頑固な人ですね」

「師匠譲りの性格さ」

ハインリヒ公爵の思い通りにやられるのはアリアの趣味じゃない。彼を見据え、戦うことを決意する。

「クソッ、この愚か者がっ！　ならば敗北を味わわせてやる！」

ハインリヒ公爵が合図を送るために鈴を鳴らす。扉が開き、新たな人影が近づいてくる。だがその人物には見覚えがあった。

「あれ、どうして皆がここにいるの？」

「まさか、謎の武術家Xはリン様のことですか？」

「ふふ、いい名前でしょ。私が考えたのよ」

ネーミングセンスは正直褒められたものではないが、そんな感想を口にできないほど驚きが勝っていた。

「さて、私の出番ね。ポイントをシン皇子で登録すればいいのよね」

「ま、待て待て、約束が違うではないか!?」

ハインリヒ公爵が慌て始める。想定通りならこのような反応にはならないため、お互いの認識に齟齬《そご》があったのだと知る。

「ん？　どうして？」

「だ、だから、第七皇子陣営で登録すると約束をしたではないか!?」

「してないわ」

「え……」

「私があなたとした約束は、アリアの輝かしい未来のために協力することよ。どうして第七皇子陣営で登録すると、アリアが幸せになれるの？」

「そ、それは……」

答えに窮するハインリヒ公爵。王宮への帰還を断られた今、バージルに貢献することで、アリアが得をすることはないと気づいたからだ。

「アリアは私がどちらに味方をした方がいいと思うの？」

「もちろんシン様です」

「なら決定ね。所属は第八皇子派閥に登録で」

ただでさえ優位なシン陣営に、第五位のポイントまで加算されれば、その結果は揺るぎないものになる。

「勝負ありね」

受付嬢は壁時計を確認し、タイムリミットを超えたことを告げる。今度こそ、最終的な結果が提示されたのだ。

「おめでとう、あなたたちの勝利よ。これが、冒険者組合が皇帝から預かっていた開拓地の権利書と副賞の魔導具よ」

ランキング一位のアリアが景品を受け取ると、権利書をシンに渡す。ただ副賞の蛇の模様が描かれた手鏡はすぐに渡さずに手元でジッと眺めていた。

「もしかしてアリア、副賞の魔道具が欲しいのかい？」

「いえ、私は……」

「今回の競争で一番の功労者はアリアだ。受け取ってくれて構わないよ。なぁ、皆？」

誰もが否定を口にしない。彼らの目的は領地が富むために必要な開拓地の権利であり、魔道具はあくまでオマケくらいにしか思っていなかったからだ。

「ではお言葉に甘えさせて頂きますね」

「アリアが喜んでくれるなら僕も嬉しいよ」

「これでこの魔導具は私のもの。どのように使っても文句はありませんね」

「もちろんだ」

「ではバージル様、こちらをあなたにお譲りします」

　副賞の魔道具をバージルに差し出す。想定していなかったのか、彼は驚きで目を見開いた。

「いいのかい？」

「あなたは呪いの魔術でシン様が命を落とさないようにと配慮してくれました。あれがなければ負けていたのは私たちです。だから魔道具、〝千里眼の魔鏡〟はあなたにこそ相応しい」

　争いさえなければバージルも悪い人ではないのだ。シンと兄弟で仲良くして欲しいとの思いを込めた贈り物を、彼は重々しく受け取る。

「ありがとう。この恩は必ず返す。君にも、そしてシンにもね」

「期待していますね」

　兄弟の絆が結ばれ、理想的な結末で決着を迎える。だが一人だけハッピーエンドを許せない者がいた。ハインリヒ公爵である。

「このままでは私は破滅だ。そうなるくらいなら……」

　ハインリヒ公爵は懐から刃物を取り出すと、その切っ先をアリアに向けた。

「これで刺されたくなければ私に付いてこい！」

処刑を免れるため、一か八かの脅しをかける。だがそのような暴挙をシンが許すはずもなかった。

「私の大切な人に刃物を向けたんだ。覚悟はできているだろうね」

シンが庇うようにアリアの前に立つ。ハインリヒ公爵は自暴自棄になっているのか、そのまま刃物を突き刺そうと動いた。

「お前さえいなければあああっ」

シンを刺そうとするが、彼は華麗な動きで刃物を奪い取り、そのまま腕を曲げて制圧する。痛みで落とした刃物が床に転がり、ハインリヒ公爵は苦痛に顔を歪めた。

「君は皇子である私に危害を加えようとした。これは大きな罪となる。懲役も覚悟してもらおう」

「そ、そんな、私はただ……うっ……うわあああああっ」

泣き崩れるハインリヒ公爵。そんな彼を横目に、アリアたちはすべての問題が解決したことに安堵するのだった。

エピローグ　～『祝勝会』～

屋敷に帰ったアリアたちは祝勝会を開催していた。食堂に関係者が集まり、庭師の老人や、バージルたちまでが参加していた。

机の上には食べきれないほどのご馳走が並べられている。コメだけでなく、パンも含まれており、王国出身のアリアへの配慮が感じられた。

(皆さん、楽しんでいますね)

祝勝会が始まってから数十分が経過すると、清酒で酔った男たちが呂律《ろれつ》の回らない舌で騒いでいた。

いつもは真面目な彼らだが、長い戦いを勝ち抜き、ストレスから解放されたからこその羽目の外し方だ。今日くらいは許してやるかと、規律に厳しいカイトも大目に見ている。

「アリア、このスシ、とても美味しいわよ」

リンがイカのスシを運んでくる。雪のように白い身と挟まれた大葉が、コメの上で鮮やかに輝いている。

「わぁ、美味しそうですね。これが噂に聞くスシですか」

「食べるのは初めて?」

「魚介とコメを合わせた皇国の伝統料理があると、知識では知っていました。でも食べるのは初めてです」

期待しながら、醤油を付けて口の中にスシを放り込む。

すると、イカの甘さが口の中に広がっていった。大葉のおかげで、鼻を抜ける香りも爽やかだ。

「アリアさん、私のオススメのデザートも試してください」

甘党のカイトもチョコケーキを運んできてくれる。以前、食べ損ねた品だ。彼はそのことを覚えていてくれたのだ。

「では、頂きますね」

口の中に含むと、濃厚なカカオの苦味と甘味が舌の上に広がる。絶品の一言に尽きる味だった。

「アリア、こっちのスシも美味しいわよ！」

「アリアさん、こちらのケーキも絶品です！」

二人はたくさんの食事を運んできてくれるが、既にアリアの胃袋は満腹だった。逃げるように彼女は立ち上がると、縁側に出て、人の熱気から離れる。

（夜の庭も風情がありますね）

縁側から広がる内庭の景色に心を奪われる。闇夜に浮かんだ月の明かりが、庭の魅力をさら

に引き立てていたからだ。

「今夜はいい月だね」

「シン様！」

彼は縁側で月を見ながら清酒を楽しんでいた。呪いも完全に解除されたことで顔色も優れている。

「今回はアリアに助けられてばかりだった。本当にありがとう」

「ふふ、救われたのは私の方です。長時間労働から逃げてきた私を客人として迎えてくれました。あの時のこと、今でも感謝しているんですよ」

見知らぬ土地で充実した毎日を過ごせているのは、シンがいてくれたおかげだ。改めて感謝を伝えると、彼は正座してアリアの方に向き直る。

「アリア、頼みがあるんだ」

「聞きましょう」

「これから先、できるなら永遠に私の傍にいて欲しい」

「それは家臣としてですか？」

「違う」

「では、師匠としてですか？」

「いいや、大切な一人の女性としてだ」

　シンは真剣な眼差しを向けてくれる。頬が赤く染まっているが、酔いのせいではないと、月明かりに映し出された表情から分かる。

「もちろん、これからもずっとシン様と一緒です」

　アリアは笑顔でシンの求めに応える。彼女は王宮を追放された時に決意したように、これからもスローライフを満喫しながら幸せに過ごしていきたいと願うのだった。

完

あとがき

　このたびは本作をご購入いただき、誠にありがとうございます。上下左右と申します。ベリーズファンタジー様で出版させていただくのは、『王宮を追放された聖女ですが、実は本物の悪女は妹だと気づいてももう遅い　私は価値を認めてくれる公爵と幸せになります』で初めて執筆させていただいてから三作目となります。もし本作を面白いと感じて頂けたなら、過去作品、中にはコミカライズしているものもありますので、お試し頂けますと幸いです。

　さて、本作についてですが、ブラックな職場環境で日々心身を擦り減らしながら働いていたアリアが妹に婚約者を奪われるところからスタートします。

　生まれた国を後にして、異国の地に辿り着いたアリアは、かつて自分が指導していた弟子との再会を果たします。

　立派な好青年に成長した彼との絆を深めていくアリアは、モフモフとした愛らしい魔物に囲まれながら、美味しいグルメを堪能し、ゆったりとしたスローライフを満喫します。

　一方、物語の裏側では、アリアを裏切った者たちが『因果応報』の結末を迎えます。公爵はその軽薄な行動によってアリアを捨てた責任を問われ、不義理を働いた妹もきっちりと罰が与えられます。それぞれの報いを描くことで、スッキリとした読了感を読者の皆様に届けられたなら作者冥利に尽きます。

最後に本作の完成に携わってくれた関係者の皆様に謝辞を申し上げます。

まず書籍化の貴重な機会を与えてくださり、作品の魅力を引き出すための惜しみないサポートをしてくださった担当編集様、私の言葉足らずだった原稿を補い、より豊かな文章へと導いてくれたライター様にはとても感謝しております。

また美麗なイラストを描いてくださった雪子《ゆきこ》様にも深く感謝しております。表紙を初めて拝見した時には、その美しさに思わず息をのみました。

そしてなによりも数多くある本の中から、この物語を選んでくれた読者の皆様には感謝してもしきれません。皆様の存在が私の創作の原動力となり、執筆活動を支えてくれています。本当にありがとうございました。

アリアの皇国での暮らしはこれからも続いていきます。次の巻を執筆する機会があれば、一巻を超える出来栄えになるように精一杯頑張りますので、これからも応援よろしくお願い致します。

上下左右《じょうげさゆう》

我がままな双子の妹にすべてを奪われた姉ですが、
むしろ本望です！
～第二の人生は愛するグルメともふもふに囲まれて楽しく暮らします～

2025年1月5日　初版第1刷発行

著　者　上下左右

発行人　菊地修一

発行所　スターツ出版株式会社

〒104-0031　東京都中央区京橋1-3-1　八重洲口大栄ビル7F
TEL　03-6202-0386（出版マーケティンググループ）
TEL　050-5538-5679（書店様向けご注文専用ダイヤル）
URL　https://starts-pub.jp/

印刷所　大日本印刷株式会社

ISBN　978-4-8137-9408-0　C0093　Printed in Japan

[上下左右先生へのファンレター宛先]
〒104-0031　東京都中央区京橋1-3-1　八重洲口大栄ビル7F
スターツ出版(株)　書籍編集部気付　上下左右先生

BF Sweet
ベリーズファンタジースイート

ベリーズファンタジースイート人気シリーズ

4巻 2025年5月 発売決定！

定価:1430円（本体1300円＋税10％） ※予定価格
※発売日・価格は予告なく変更となる場合がございます。

ぷにちゃん
異世界ご飯
しあわせ食堂の
illustration
雲屋ゆきお
平凡な日本食でお料理革命!?
皇帝の胃袋がっしり掴みます！